日本諺語事典

蘊藏大和民族悠久文化與處世之道的諺語由來、寓意與應用274選

岩男忠幸 作
邱香凝 譯

推薦文

揭開諺語神秘面紗與提供處世智慧的《日本諺語事典》

世界上任何一個國家的語言都有所謂的「諺語」，諺語蘊含著一個國家人民的生活經驗與智慧結晶，展現一個民族社會的文化思想與內涵，內容有通俗、趣味、諷刺與教育性，並具有傳承與跨文化的特性。由於日語如同一個大融爐，集和語、漢語與外來語於一身，日語本身具有相當鮮明的國際化與跨文化特性，因此諺語表現上也不例外，充分顯現跨文化的特性。例如，日語中有和語特性的「痘痕も靨」（情人眼裡出西施）、漢語特性的「過ぎたるは猶及ばざるが如し」（過猶不及）及外來語特性的「ローマは一日にしてならず」（羅馬不是一天造成的）等諺語，其豐富程度不亞於其他語言。

不同於一般諺語書籍，本書如原著書名《日本のことわざを心に刻む—処世術が身につく言い伝え—》所示，主要包含古今傳承的諺語（ことわざ）與傳說軼事（言い伝え）兩個面向，並具有前述的跨文化特性，內容

涵蓋諺語的由來、使用範例、類義句、諺語相關話題、作者見解等，這讓諺語不再限於單純語言，呈現語義，而讓諺語擺脱語言，跨越時空，回歸到諺語的核心「原鄉」，講述深藏背後觸動人心的諺語典故與傳說軼事，如作者所述，是一本可以輕鬆閱讀的諺語讀物。

不但如此，本書以「事典」之名呈現，相信能夠更詳細地為讀者解開隱藏在諺語底下的文化脈絡與典故軼事，提供讀者學習日本文化精隨，豐富個人內涵，以及培養自我人際互動與處世智慧的專著。

輔仁大學日文系教授

楊錦昌

前言

本書是一本用來深入體會日本古來「諺語」的書。不會像字典一樣按照五十音順序排列，也不單只解釋諺語的意思。除了介紹諺語本身，還會加上諺語的由來、使用範例、類義句（意思相近的言語）、與該諺語相關的話題，以及我個人的見解，融會貫通為一本「讀物」。即使向來認為諺語「過時」、「艱澀」的人，也能輕鬆享受閱讀這本書的樂趣。

日語可大致分為在日本誕生的「大和語言」、來自中國的「漢語」，以及用片假名標記的「外來語」。諺語也一樣，可分成誕生於日本的、來自中國的及西洋流傳來的諺語。

誕生於日本的諺語有來自《枕草子》、《源氏物語》等古典文學、俳句、短歌或川柳的內容，但也有許多來自一般（主要是江戶時代）庶民從日常生活中學到的教訓與生活智慧，以口耳相傳的方式廣泛流傳。這些諺語有的以節奏輕快，容易想像的短文達到強烈的警世作用，有的夾雜幽默詼諧的說法感化人們，成為人們溝通時的潤滑劑。現代諺語辭典或國語字典中仍記載著這些諺語，就證明了諺語對人們具有強大的說服力。

本書充滿先人的智慧與思考方式。人生中可能會遇到各種狀況，這種時候，書中介紹的諺語就能如指南般派上用場，帶來解決問題的靈感。如何經營人際關係，如何妥善遣詞用字，該擁有什麼樣的金錢觀念……我們或許活在與前人不同的時代，但這些諺語拿到現代依然適用。

最後一章介紹的是一些堪稱運用日語之妙的「文字遊戲」及「雙關」諺語。諺語在日語中的發音（ことわざ）近似「語言技巧（ことば＋わざ）」，正可說是一種雙關巧趣。請在這一章中盡情享受這樣的「技巧」吧。自己嘗試創作也不錯，大腦一定會更有活力。

若各位讀者能透過本書，對前人留下的語言遺產「諺語」更加熟悉或提起興趣，將是身為作者的我最感榮幸的事。

最後，特藉此版面感謝一凜堂的稻垣麻由美監製，自本書企畫初始階段提供的大力協助。

岩男忠幸

目次

男女

夫妻

親子

婆媳

人際關係

言詞

關於本書的標記方式

・除了標題中的諺語外，內文中出現的諺語都會以粗體標示。

・諺語的漢字與假名寫法，為作者查閱大量文獻後，採用多數人使用的寫法。

・引用古典文學及和歌時，使用舊式假名標記。

・書中介紹的西洋諺語，直接由英文諺語翻譯而來。

男女

我們誕生於父母之間，
生下我們的父母，
又分別誕生於各自的父母之間，
各自的父母，一樣是誕生於其各自的父母之間。
像這樣追溯上去也可以說，
人生正是始於男與女的結合。

戀愛情感

遠くて近きは男女の仲

男女之間的距離比想像中近

解說 男人與女人的關係看似距離遙遠，其實意外相近。只要一點小事，就可能促使兩人結合。

這個諺語推測來自平安時代女作家・清少納言的隨筆作品《枕草子》。

遠くて近きもの　極楽　舟の道　男女の中

（若遠實近的東西　極樂世界　乘舟行旅　男女關係）

原文是這樣的。

附帶一提，還有一句有趣的俗話說「戀愛之路看似遙遠其實近在咫尺，鄉間小路看似近在咫尺走來卻很遙遠」。

試讀《枕草子》，發現在「若遠實近的東西」這句之前，還有一段

近うて遠きもの　宮のべの祭り　思はぬはらから　親族の中　鞍馬のつづらをりといふ道　師走のつごもりの日　睦月のついたちの日ほど

（若近實遠的東西　宮咩祭　不親近的兄弟姊妹或親戚　鞍馬寺的九十九折參道　十二月除夕與正月初一之間這一天）

其中「鞍馬寺的九十九折參道」指的是京都鞍

馬寺前宛如九彎十八拐般蜿蜒曲折的參拜道路，或許是用這個來形容「鄉間小路」，確實有種路途遙遠的感覺。

順便再解釋一下，「思はぬはらから」的「思はぬ」指的是「不認為親近」的意思，而「はらから」漢字可寫為「同胞」，指的是同母兄弟姊妹，也就是說，「不親近的兄弟姊妹看似關係親密，實則有所隔閡」，即使是兄弟姊妹，成家立業後彼此各有家庭，關係自然疏遠，最後變得像陌生人，有句諺語就形容這叫**「兄弟は他人のはじまり」**（兄弟姊妹是成為陌生人的開始）。

清少納言大概沒想到自己隨性寫下的句子，歷經千年之後竟被收錄於學校教科書中，還以諺語的形式流傳至今吧。

磁石(じしゃく)に針(はり)

如磁鐵般相互吸引的男人與女人

解說 磁鐵一靠近針就會相吸，用來形容男人與女人容易彼此吸引或受到誘惑。

森鷗外曾在小說《Vita Sexualis》中做出如此有趣的描寫。

> 女人的磁力吸引力強大，將暈頭轉向的安達吸進了八幡樓。

在此，他了用磁鐵的吸引力來比喻牽動人心，令人著迷的力量。

話雖如此，磁鐵的吸引大固然強大，但並不是每個人都能在你情我願的情況下結合。

此外，一群人受到知名人士吸引，聚集在其身邊的模樣，也可以用「磁石に針」來形容。

和這個諺語句型相同，一樣都是「○○に××」的還有**「猫に小判」**、**「梅に鶯」**等，也是經常使用的諺語（譯註：「猫に小判」意譯為「給貓金

幣」，和中文「對牛彈琴」意思相近，「梅に鶯」為梅花配上樹鶯，與中文「相映成輝」意思相近）

世上有各種迷戀方式

相惚れ自惚れ片惚れ岡惚れ

解說 每個人喜歡上別人的「迷戀方式」都不一樣。

日文中表達「迷戀」的詞彙不少，這句諺語就包括了彼此情投意合的「相惚れ」，自戀的「自惚れ」，暗戀、單戀的「片惚れ」，以及偷偷愛上別人的對象，或是迷上原本不熟悉的對象，這叫「岡惚れ」。

還有一種這句諺語沒提到的迷戀方式。形容原本只是花心玩玩，之後卻真的愛上對方，這種迷戀方式叫「徒惚れ」（あだぼれ）。這裡的「徒」有輕浮之意。比方說日語中的「徒名」指的是與戀愛等情事相關的謠言，「徒心」指的是輕浮、不專情之心，「徒人」指的是輕浮之人，「徒し男」指的是輕浮、薄情的男人。

「岡惚れ」也可寫成「傍惚れ」。「岡」和「傍」在日語中都有「旁」的意思。舉例來說，類似的用法還有「岡（傍）焼き餅」，意指明明與自己無關，卻在一旁嫉妒別的情侶感情好。「焼き餅」在日語中有「吃醋、嫉妒」的意思。「岡（傍）焼き餅」有時也會省略為「岡（傍）焼き」。

鯉魚與戀情的雙關語

及ばぬ鯉の滝登り

解說 形容鯉魚雖然能溯急流而上，卻無法躍上垂直落下的瀑布，用來比喻無論怎麼努力，終究

無法成就自身能力未及之事。日語中「鯉」與「戀」發音相同，因此這句諺語也會被用來暗喻竭力追求仍無法實現的戀情。

這句諺語中的**「鯉の滝登り」**來自中國傳說，據說黃河上游有個水流湍急的「龍門」，只要能跳過這個龍門，即使是鯉魚也能化身為龍。原本比喻的是工作上的的飛黃騰達、出人頭地。在前面加上「及ばぬ」（意指「無法實現的」），整句「及ばぬ鯉の滝登り」的意思就變成無論多麼努力，「終究無法出人頭地」了。

日語中還有**「高嶺の花」**，指的是開在高山巔峰，看得到卻採不到的花。比喻「無法高攀的對象」。各位知道嗎？雖然字典多半寫作「高嶺の花」，用在報紙或新聞報導中時，由於基本上必須使用學校中教的漢字，所以寫作「高根の花」（譯註：日語中「嶺」與「根」同音）。

順帶一提，「高値の花」雖然是同音的錯字，有時乾脆將錯就錯，解釋為「價格昂貴買不下手」，像是「今年的秋刀魚真是『高値の花』啊」的雙關用法，其實也滿有趣呢。

磯（いそ）の鮑（あわび）の片思（かたおも）い

只有一片是單戀，兩片才是成雙成對

解說 鮑魚的貝殼只有一片，和雙殼貝類如蛤蜊或蜆仔不同，以此形容「自己喜歡對方，對方卻完全沒有那個意思」的單相思。有時也省略為**「鮑の片思い」**。

多數字典只刊載了這句諺語的意思。在此想提提做為這句諺語由來的和歌。

歌詞出自《萬葉集》。

伊勢の海人の朝な夕なに潜くといふ
鮑の貝の片思にして

（宛如伊勢地方海人朝夕潛水補獲的鮑魚之貝我的戀情也總是單相思）（這裡的「片思」讀為「かたもい」，是從「片思い」（かたおもい）的發音轉變而來。）

（譯註：海人指的是以潛水方式捕魚或採取鮑魚、珍珠等維生的人。女性海人稱為海女。）

此外，《萬葉集》裡還有這樣一首歌。

海人娘子潜き取るといふ忘れ貝
世にも忘れじ妹が姿は

（據說海女潛入海中採取的忘貝，是一種能讓人忘卻戀情的貝類，但我絕對不會忘記她的身影。）

忘貝（忘れ貝）指的是雙殼貝類的其中一片貝殼，或是單殼貝類的貝殼，據說只要撿到這種貝殼，就能對戀慕之人忘情。這裡的「潜き取るといふ忘れ貝」也可以說是單相思的鮑魚之貝吧。

雙殼貝類蛤蜊是躲在兩片貝殼內的貝類，日文漢字寫為「蛤」（虫字旁代表人類、獸類、鳥類及魚類以外的動物），只有同一個蛤蜊的兩片貝殼才能互相吻合，象徵感情和睦的夫妻，蛤蜊湯因此常用來當作婚宴上的湯品。女兒節時喝蛤蜊湯則有祈求女兒成長後遇到好伴侶的祈願意義。

用一片貝殼形容單戀，兩片貝殼形容感情好的夫妻或良緣。日本人遣詞用字的品味真是非常出色呢。

秋風（あきかぜ）が立（た）つ

秋天明明是結實的季節，但男女情感一旦走入秋天……

解說 用「秋天」隱喻「厭倦」（譯註：日語中「秋天」與「厭倦」發音相同），形容男女感情轉淡。

「還以為那兩人終於要迎向春天，沒想到已經開始刮秋風了啊。」用法大概像這樣。

自古和歌中也常以「秋天」隱喻「厭倦」，像是「迎來內心的秋天」等說法，藉由吟詠「心之秋」來表達戀愛中的變心。《古今和歌集》中就有這麼一首。

わが袖にまだき時雨の降りぬるは
君の心に秋や来ぬらむ

（我的衣袖早已被秋天陣雨般的眼淚沾濕，你的心進入了秋天，大概對我感到厭倦了吧。）

順便一提，漢字中的「秋」指的是草木枯萎，人心揪緊的季節。在「秋」字下加個「心」便成了「愁」，意味著心情因寂寞與憂慮而揪緊的模樣。

秋の扇（あきのおうぎ）

比喻男性厭倦後拋棄的女性

解說 曾受中國前漢成帝寵愛的班婕妤，在失去成帝眷顧後，以「入秋後便不再受到使用的扇子」意象吟詠詩句，藉此哀嘆自身處境。又稱**「班女之扇」**、**「團雪之扇」**，皆是比喻受男性厭倦拋棄的女性，或不再受男性眷顧的女性。

班女が閨の中の秋の扇の色
楚王が台の上の夜の琴の

（入秋後班女寢室內棄置的扇子顏色「像雪一樣白」，「風中飛舞的雪聲」則令人聯想起楚王於高殿之上以琴彈奏的夜曲。）

這是藤原公任所撰詩文集《和漢朗詠集》中收錄於「冬・雪」之中的平安中期漢詩人橘在列的漢詩（原句為：班女閨中秋扇色，楚王臺上夜琴聲）。

比喻男人善變的心

男心と秋の空

解說　秋天氣候變化快，原本還是大晴天，往往轉眼就變。男人對女人的愛情也如同秋日的天色一般易變。類似的說法還有**「男心と秋の空は一夜に七度変わる」**（男人心和秋日天色一樣，一晚變七次）、**「男の心と川の瀬は一夜に変わる」**（男人心和河岸線一樣，一個晚上就變了）等。

讀到這裡，或許有人會想「怎麼會是男人心，應該是女人心吧？」。的確，將這個古老諺語中的「男人」換成「女人」，現代也有**「女心と秋の空」**的說法，比喻女人難以捉摸，對各種事物都很善變，倒不只限於對男人的情感。

這兩種說法，目前最新版的《廣辭苑》中都有收錄。不過，我手邊的一九六九年發行第二版《廣辭苑》中並未收錄「女心と～」，只有「男心と～」的用法。但也有只收錄「女心と～」的版本，查閱不同辭典，得到的內容不一樣。

西洋諺語中有**「男人心如季節般善變」**、**「女人心如冬天的風般善變」**的說法，無論男人心還是女人心都一樣善變，也都同樣能用季節來比喻，說來真是相當有趣。

男性追求女性時的甜言蜜語

一生添うとは男の習い

解說　「一生只愛你一人」、「讓你幸福一輩子」這些都是男人在追求女人時習慣掛在嘴上的甜言蜜語。

這句諺語在這裡還有另一層含意，意思是，這句話只有說的當下算數，往後就不用太期待。類似西洋諺語的**「朱庇特對戀人們虛偽的誓言嗤之以鼻」**（朱庇特是羅馬神話中地位最高的神祇，相當於希臘神話中的宙斯）。

厭じゃ厭じゃは女の癖

女性被追求時的回應

解說　女性受到男性甜言蜜語追求時，內心明明感到高興，嘴上卻表示抗拒。但其實那都只是說說而已（這只是對本諺語的解說，不代表所有女性皆是如此）。

這裡的「じゃ」，是拿掉「である」中的「る」後，由「であ」變化而來的用語，約從室町時代後期的關西地方開始使用。至今廣島地方仍有「いやじゃ・そうじゃ」的用法。附帶一提，在關西，「じゃ」演變為「や」（例如：いやや・そうや），關東則從「であ」演變為「だ」（いやだ・そうだ）。

西洋諺語有**「女人若拒絕十九次，只有一半是真拒絕」**的說法，可見西方女人也不會輕易答應男人的追求。

厭と頭を縦に振る

結果到底是怎樣？

解說　女性受到追求時，嘴上說「不要」卻點了頭。說的話和做出的動作雖然不同，其實內心已經答應了。

西洋也有**「姑娘說NO就代表YES」**的諺語，和這句話意思是一樣的。

這句諺語巧妙地表現出正值青春年華女孩微妙的情感，不過，要一邊拒絕一邊點頭可不是一件容易的事喔，因為嘴上說「不要」時，往往會下意識地跟著搖頭。

順便說說，「頭を振る」是左右搖頭的動作，代表「不要」、「不是這樣」的意思。日語中的「頭頭」（かぶりかぶり）指的是幼兒左右搖頭抗拒的模樣。

姻緣親屬

娘（むすめ）を見（み）るより母（はは）を見（み）よ

娶媳婦時該注意什麼？

解說 想知道視為結婚對象的女性人品，只要看她的母親就知道。因為女兒會繼承母親的所有優缺點。類似的說法有**「嫁を取るなら親を見よ」**。

反過來說，女性若想知道視為結婚對象的男性人品如何，也只要看與對方親近的人就能了解。**「この親にしてこの子あり」**（意思是「有這麼出色的父母，孩子一定也很優秀」。也可以解釋

為「無論好壞，孩子會繼承父母的一切」。）

看似不願答應嫁女兒，卻意外地輕易點頭

秋の日と娘の子はくれぬようでくれる

解說 這裡用了日語中「日暮」（暮れる）和「給予」（呉れる）發音相同的雙關語，用秋天的日暮看似來得慢，其實很快就天黑的現象，比喻乍看之下不願答應女兒出嫁的父母，往往出乎意外地輕易點頭。

這句諺語後面還接著一句**「春の日と継母はくれそうでくれぬ」**。意思正好相反，春天的日暮往往看似來得快，其實天色黑得很慢，用來比喻繼母（繼室）看似易得實則難覓。另一種說法是，繼母表面上看似什麼都願意給繼子，實際上卻什麼都不給。

不過，獨生女就要另當別論了？

一人娘と春の日はくれそうでくれぬ

解說 同樣是利用「日暮」（暮れる）和「給予」（呉れる）的雙關語。和冬天相比，春天的白天愈來愈長，日暮也愈來愈晚，比喻父母捨不得獨生女出嫁，遲遲不肯點頭的心情。

也有拿「くれない」玩雙關的有趣川柳：

くれそうにして紅の舌を出し

（還以為要給了，那人卻只伸出紅色的舌頭。）

（譯註：日語中「紅」的發音正好是「くれない」）

雖說「戀愛沒有上下之分」，但是……

釣り合わぬは不縁の基

解說 地位、家世或財產不相稱，簡單來說就是門不當戶不對的兩人即使結了婚，往往也無法獲得好結果。類似的說法有**「気の釣り合わぬは不縁の基」**，說得更具體一點，**「唯有家世相配、財產相當、年齡相稱，才有最幸福的姻緣」**。

西洋諺語也說**「要和與自己同等的對象結婚」**。日本諺語多半以間接方式表現，相較之下，西洋諺語就直接了當得多。從這裡也可看出民族性的不同。

不過也有這樣的人

思うに別れ思わぬに添う

解說 因為各種理由無法和喜歡的人在一起，最後卻和意料之外的人結了婚。

男女之間往往無法按照自己的心意發展，緣份這種東西說來非常不可思議。

江戶初期的《薄雪物語》中有這樣的詩句：

世の中は月に叢雲花に風
思ふに別れ思はぬに添ふ

（世間事往往不如己意，想好好賞月時，烏雲就會飄來遮蔽，想好好賞櫻時，風就會將花瓣吹落。明明想和意中人在一起，最後卻會和意外之人結合。）

「月に叢雲花に風」常用來表示就算遇到好事或得到好東西，也很容易遭到阻礙而無法長久持續。

破れ鍋に綴じ蓋

即使找不到對象也不可輕言放棄

解說

「破れ鍋」是有裂痕的鍋，「綴じ蓋」是補過的鍋蓋。用「有裂痕的鍋配補過的蓋」來形容一對夫妻，這句諺語想說的是，即使是破掉的鍋也有補過的鍋蓋來相配，不管怎樣的人都會找到合適的結婚對象。有時也解釋為「結婚就要找身分相當的對象」，與相似的人在一起，婚姻才會順利。此外，也有人用這句諺語來形容生活貧困但感情很好的夫妻。

類似的諺語還有「**破れ鍋に欠け蓋**」、「**合わぬ蓋あれば合う蓋あり**」、「**合うた釜に似寄った蓋**」、「**ねじれ釜にねじれ蓋**」等。

由於這是用破損的東西來比喻夫妻，說起來並非讚美之詞。可以用在自己身上，但是不能對別人使用。千萬不能說「府上就像破鍋配爛蓋，真教人好生羨慕」啊。

用來比喻夫妻的「鍋子」有時也用來比喻侍女。時代劇中常看到名叫「阿鍋」的女人，這是江戶時代女侍常見的名字。另外，「**手鍋提げても**」指的是只要能和喜歡的男人結婚，就算得過自己下廚的貧困生活也無妨。所謂「手鍋」指的就是家中無法聘用女侍，妻子只能自己下廚的意思。

姉女房は子ほど可愛がる

推薦「年長女性」（的理由之一）

解說　年紀比丈夫大的妻子，會把丈夫當小孩般疼愛。

年長的妻子喜歡照顧人，做事又能幹可靠，站在男人的立場，娶得「某大姐」自己就能依賴她

推薦「年長女性」（的理由之二）

姉女房は身代の薬

解說 年長的妻子善於持家理財，增加家中財產。也更懂得體貼、理解丈夫，是促進家庭圓滿的良藥。

「身代」指的是財產，「身代薬」是有益於增加財產的事物。其中尤以幹練可靠的年長妻子為最。

類似的諺語有**「姉女房倉（蔵）が建つ」**、**「箍増しは果報持ち」**等。（東北地方稱比丈夫年長的妻子為「箍増し」，認為取年長妻子的男性能獲得幸福。）

推薦「年長女性」（的理由之三）

一つ勝りの女房は金の草鞋で探しても持て

解說 妻子比丈夫年長一歲的夫妻組合相處起來最為順利。不過，就算穿上鐵製的草鞋走再多路，也很難找到這樣的妻子。

類似的諺語有**「金の草鞋で探す」**、**「金の草鞋で尋ねる」**，不過這兩句話尋找的對象不只限於年長的妻子，指的是堅持尋找難得的人物或事物。

近年來，別說是年長一歲的妻子，年長再多歲的妻子也不稀奇。不過，還是請各位穿上金子打造的草鞋尋覓良緣吧。

媒人的話有一半是假的

仲人口は半分に聞け

解說 所謂「仲人口」指的就是媒婆說的話，為了促成姻緣，媒人會把對方誇得比實際上還要好。所以對於媒婆的話，只要信一半就可以了。

有些媒人從介紹結婚對象到籌備婚禮一手包辦，藉此收取謝禮或佣金為生。為了成功促成婚事，媒人得一再登門拜訪雙方。站在媒人的立場當然想盡早完成任務，說的話難免有誇大不實的地方。

說到「仲人口」，還有下面這種有趣的川柳句子：

仲人に聞けば姑はみな仏

（若問媒人「未來婆婆是什麼樣的人」，媒人都會回答「是和善的像菩薩一樣的人」。）

影の無い姑一人と仲人いい

（若問媒人「對方家裡有些什麼人」，媒人都會回答「只有一個教人幾乎忘了她存在的母親」。事實上婆婆不但很有活力，甚至家中說不定還有小姑呢。）

被媒人天花亂墜欺騙的受害者不少，與此相關的諺語也很多。比方說**「仲人口は当てにならぬ」**、**「仲人七嘘」**、**「仲人の嘘八百」**、**「仲人の空言」**等。

順帶一提，在日本，媒人也稱為「月下冰人」。這是結合月下老人和冰人所創造的詞彙。月下老人的由來是中國唐朝一個叫韋固的人，在旅遊途中的月夜遇見一個老人，老人向韋固預言了他未來妻子的故事。冰人的由來則是中國晉朝，令狐策做了「自己站在冰上與冰下的人說話」的夢，請占卜名人索紞為自己解夢，索紞說：「這是婚姻的前兆，冰融化時這樁婚事就成了。」後來也正如索紞所說。在兩段故事中，月下老人和冰人都是促成姻緣的人，因此成為媒人的代稱。

夫妻

一對男女結婚後，
關係就成為夫妻，
兩人之間將產生一個家庭。
一旦結為夫妻，當然希望這輩子都能和睦相處。
然而，有時也會有不得不中止關係，
面對分離的夫妻。

鶼鰈情深

有這樣的夫妻，家庭就會圓滿平安
女房に惚れて家内安全

解說 日語「家內安全」本來指的是家人無病無災。「家內」有家中、家人的意思，也用來稱呼自己的妻子（譯註：意同中文的「內人」）。丈夫迷戀妻子，就表示妻子（＝家內）安全，換句話說，妻子不用擔心多餘的事，就能過著安心安穩的生活。因此，夫妻之間沒有危機感，全家都能安心過日子。此外，夫妻不吵架也意味著「家內安全」，家中和平，家人不用擔心受到波及等等。如上所述，這句話其實有著深遠的含意。

類似的諺語有**「女房に惚れてお家繁盛」**、**「天下泰平女房に惚れている」**等。

順便說明，「安」這個字由「家（宀）」與「女」組成，表現出女性在家中過著安心平穩生活的樣子。家庭和平，社會就會和平，女性也就更能過著平安幸福的日子。

每個男人的妻子都像楊貴妃一樣美
面面の楊貴妃

解說 日語中的「面面」指的是「各自的」、「每個人的」。楊貴妃是中國唐玄宗皇帝的妃子，也是世界知名的絕世美女。這句諺語的意思是說，每個男人的妻子都是自己心目中的楊貴妃，引申為每個人都有自己的喜好，只要喜歡對方就看不到缺點，也可以說是「情人眼中出楊貴

妃」。

類似的諺語還有好幾個。

蓼喰う虫も好き好き

有的蟲子就是愛吃辛辣的蓼葉，藉此比喻每個人的喜好不同。

痘痕も靨

只要是自己迷戀的對象，就連痘疤看起來都像酒窩一樣可愛。意指缺點也能看成優點。

禿が三年目に目につかぬ

只要是自己喜歡的對象，就算對方禿頭，看個三年也不會介意了。

縁の目には霧が降る

一旦起霧，看什麼都模模糊糊，連對方的長相也看不清楚了。意指看在有緣結合的情侶眼中，對方的缺點看起來只會是優點。

就算太太吃醋……

女房（にょうぼう）の妬（や）くほど亭主（ていしゅ）もてもせず

解說 只有太太會以為丈夫多受歡迎而吃醋，可惜的是，丈夫往往沒有太太想的那麼有女人緣。

這句諺語來自江戶時代的川柳。意思是說「妳的丈夫沒那麼有女人緣，做太太的不用擔心他外遇」。只是，如果太太一點也不擔心丈夫外遇的話，倒也可能衍生出其他問題，話雖如此，只要不演變成後面將提到的「知らぬは亭主ばかりなり」（第31頁）就好。

吵架後感情反而更好

いさかいをしいしい腹を大きくし

解說 一天到晚吵架的夫妻看在別人眼中似乎感情不睦，不知為何這樣的夫妻反而容易懷孕生小孩。

這句諺語出處不明，以形式來說應該也是川柳的句子。

這樣的夫妻床頭吵、床尾和，爭執過後感情反而升溫。

俗話說**「子は鎹」**、**「縁の切れ目は子でつなぐ」**，意思是指孩子就像維繫夫妻情感的ㄇ字釘，即使夫妻感情不好，有了孩子就沒問題。

人們之所以認為感情不好的夫妻有了孩子就能重修舊好，或許和下面這些諺語有關。

夫婦喧嘩は寝てなおる

夫妻吵架只要過一晚上就沒事了，旁人不用介入。

夫婦喧嘩と北風は夜凪がする

北風入夜即止，夫妻吵架也一樣，到了晚上自然會和好。

夫妻感情好，身體就會健康、長命百歲

お前百までわしゃ九十九まで

解說 在這句諺語中，乍看之下可能以為「お前」指的是妻子，「わし」是丈夫的自稱，其實和「お前様」或「お前さん」一樣，「お前」是妻子對丈夫的稱呼，而「わし」則是從「わたくし」簡化而來，是女性在親密對象面前的自稱用語。換句話說，這句話是站在女性的立場，希望夫妻感情和睦之餘，彼此都能身體健康，長命百

歲。

在這句話後面接上「共に白髪の生えるまで」，就成了傳唱日本各地的民謠歌詞中的一節。

對了，婚禮上常唱的傳統謠曲《高砂》歌詞中描述的老夫妻，正是訂婚禮品之一「高砂人偶」的雛型。高砂人偶象徵長壽與夫妻和睦，尉（老翁）手持熊手（熊手日文為「くまで」，整句發音近似日文的「到九十九」）扒取福壽，姥（老婦人）手持掃帚（「掃」的發音「はく」近似「百」（ひゃく））掃除厄運。換句話說，高砂人偶也象徵除厄招福。

失和

夫唱婦隨（第一階段）

雌鶏勧めて雄鶏時を作る

解說 雞的別名是「時告鳥」。雞啼表示天要亮了，一天的時間也就此展開。這句諺語的意思是公雞在聽到母雞說「天要亮了」而發出告知時辰的雞啼，藉此比喻丈夫聽從妻子的意見行事。

此外，也有這樣的諺語：

妻の言うに向こう山も動く

（連對面的山頭都會因為妻子說的話而移動，形容妻子的意見對丈夫有多大的影響力。）

雌鶏につつかれて時をうたう

還是夫唱婦隨呢（第二階段）

解說 這句諺語的意思是，母雞啄了公雞，公雞才急忙啼叫報時，比喻丈夫對妻子言聽計從。

雖然不確定雞是否真有這種習性，日語中的「つつく」除了指鳥類用嘴喙戳東西的「啄」之外，也有催促他人行動的意思。這裡當然是用母雞「啄」公雞來比喻催促的行動囉。

雌鶏うたえば家滅ぶ

變成婦唱夫隨了（第三階段）

解說 「雌鶏うたう」指的是母雞搶在公雞之前啼叫報時。傳說母雞代替公雞報時是不祥的預兆，出現這種情形時就會家破人亡。這句諺語便是根據這種民俗傳說比喻家庭中妻子強勢，丈夫在妻子面前抬不起頭時，家庭就會開始崩壞。

這當然是封建時代的老舊觀念，只是覺得這個比喻很有趣就收錄了。

江戶時代的國語字典《諺苑》中有「牡雞啼則家亡，謂之牡雞報時」的說法。也可寫作**「雌雞報時」**。

中國也有**「牝雞司晨」**的詞語，這裡的牡雞即母雞，「司晨」就是清晨報曉的鳴啼，用母雞取代公雞鳴啼報曉，比喻婦人掌權，女性勢力抬頭。在古老的思想中，這是家破國亡的預兆。

西洋也有諺語說**「母雞叫聲比公雞大的家庭是可悲的家庭」**，看來全世界都有類似的思想。

男人上了年紀還是一樣花心
頭禿げても浮気はやまぬ

解說 男人就算上了年紀，頭髮掉光了還是一樣好色，不改花心（這句諺語是這樣說的）。類似說法還有**「年を取っても浮気はやまぬ」**這句話後面接的是**「雀百まで踊り忘れず」**。

因為都是有趣的比喻所以收入書中，我也很好奇外遇對離婚的影響有多大，於是著手調查了一番。根據司法統計年報平成二十七年度（2015）版的內容，妻子離婚動機的第五名是丈夫的外遇（異性關係），丈夫離婚動機的第五名也是妻子的外遇（異性關係）。順帶一提，男女雙方離婚動機的第一名都是「個性不合」。

大家都知道妻子紅杏出牆
知らぬは亭主ばかりなり

解說 這句諺語的意思是，連旁人都知道妻子紅杏出牆了，只有丈夫完全被蒙在鼓裡。此外，這句話也常用來同情或調侃「身邊的人都知道，只有自己毫不知情」的當事人。

這句話出於江戶時代川柳集《柳多留》，從原句的「店中で知らぬは亭主一人なり」改成「町内で知らぬは亭主ばかりなり」，之後再發展為這句諺語。

這裡的「店」指的是商家或長屋房東，「店中」指的是商家的傭人們或長屋的房客們，紅杏出牆的則是和服店等商家的年輕太太或長屋的房東太太。

落語裡也看得到這句諺語。從前讀過的古典落語書中就有這麼一位商家年輕太太登場。

類似的西洋諺語有**「主人總是最後得知家醜」**。日本諺語來自川柳，總帶著幾分幽默的趣味性，相較之下，西洋諺語就給人有點悲哀落寞的感覺了。

沒有錢就恩斷義絕
夫婦喧嘩も無いから起こる

解說 當現實生活缺乏金錢，日子不好過時，夫妻之間就會起無謂的爭執。類似說法有**「夫婦喧嘩と稲の悪いはねえから」**（這裡的「ねえから」指的是「金が無いから」也就是「起因於沒有錢」的意思）。

反過來說，就算有錢，夫妻運用金錢的方式不同也會引起爭執，說到底，不管有錢沒錢，會吵架的夫妻就是會吵架。

和這句諺語相反，認為「愈常吵架的夫妻愈貧窮」的諺語也不少。

夫婦喧嘩は貧乏の種蒔き
（夫妻爭吵是貧窮的種子）
夫婦喧嘩は貧乏の元
（夫妻爭吵是貧窮的來源）

一天到晚吵架的夫妻因為感情不睦，導致丈夫縱情嗜好或妻子揮霍金錢，最後都會淪落貧窮的下場。

雖說只要有「愛」就好……
愛想尽かしは金から起きる

解說 女性對男性失去耐性，想分手或離婚的原

因多半出在金錢。

名列現代女性離婚動機第二名的原因就是金錢問題。正可說是**「金の切れ目が縁の切れ目」**（沒有錢就恩斷義絕）。

西洋諺語的表現方式則是**「當貧窮從前門進來，愛就從後門溜走」**。

附帶一提，還有一個諺語**「愛想も小想も尽き果てる」**，意思是對對方失去所有信賴和耐性。

離別

夫婦は合わせ物離れ物

離婚也是無可奈何的事

解說 原本就由兩樣不同的東西併起來形成的東西，最後分開也是在所難免的事。用來比喻夫妻原本是兩個不相干的人，就算分開也無可奈何，沒什麼好奇怪。類似諺語還有**「合わせ物は離れ物」**、**「夫婦は他人の集まり」**、**「会うは別れの始め」**等。

夫妻原本生長於不同家庭，在相異的環境中長大，對事物的想法與意見難免有所不同，這樣的兩個陌生人要結為同心同體的夫妻，說來本是非常困難的事。

一旦分手就難挽回
覆水盆に返らず

解說 已經潑出去的水，要再回到水盆（大盤子、洗臉用的平淺水缽）是不可能的事。比喻已發生的事無法再挽回。這句諺語也用來形容夫妻一旦分離就無法重修舊好。

這句諺語的由來是中國周朝太公望（即呂尚，太公望為其尊稱）飛黃騰達後，前妻馬氏前來尋求復合，太公望便將盆中水潑灑於地，並說「如果妳能令水回到盆中，我就答應妳的要求」，以此拒絕復合的故事。順便說明，今日用來稱呼釣魚的人或喜歡釣魚的人時提到的太公望，和這裡的太公望正是同一個人。

英語也有類似說法：「It's no use crying over spilt milk.」（牛奶已打翻，感嘆亦無用。）

分手的兩人後來過得如何？
男鰥に蛆がわき女寡に花が咲く

解說 沒有妻子照顧的獨居鰥男家中髒得生蛆，穿著打扮也失去整潔，相較之下，失去丈夫的寡婦卻比從前更注重儀容，受到眾多男人追求，像盛開的花般美麗。類似的諺語有**「男鰥に雑魚たかる」**、**「後家花咲かす」**。

「鰥」（やもめ）的語源有好幾種說法。有的說法是「やも」來自「病」或「止」，也有一種說法是來自獨守空屋的「屋守」。「め」指的是「女人」，因此這個字原本的意思是「沒有丈夫

或失去丈夫的女人」，而失去妻子或沒有妻子的男人則叫做「やもお」。不過，後來兩者皆統稱「やもめ」，到了現在，「鰥」這個字在日語中已泛指「與配偶分離的人」。

值得一提的是，「やもめ」的漢字是「魚」部配上「眔」寫成的「鰥」，這個字代表什麼意思？

鯉魚科的白鰱魚中，有一種叫「鰥魚」的，這個「鰥」字很有趣，右邊是代表眼睛的「目」下面加上代表眼淚的四點組成的「眔」，加上魚部就成了「鰥」，用來表現男人與伴侶分別後，睜大像魚一樣的圓眼落淚的模樣。

看字面就能想像到那副模樣，這個字可以說非常有意思，只是我實在很想知道，當初是在什麼狀況下創造出這個字的呢？是否實際上看到這樣的人，從而創造了這樣的字？要是可能的話，真想問問創造出這個字的人。

另一方面，「寡」字展現的則是「獨居家中」的模樣。「寡婦」指的就是失去丈夫，一人獨居家中的女性。

往(い)に跡(あと)へ行(ゆ)くとも死(し)に跡(あと)へ行(ゆ)くな

給再婚女性的建議

解說 「往に跡」指的是和前妻離婚後的男人，「死に跡」指的是前妻死去的男人。這句諺語是在勸告女人，可以嫁給離過婚的男人，但最好不要與死過妻子的男人再婚。因為與妻子死別的男人，心中往往留有對亡妻的愛情，日後難免被拿來比較，婚姻生活會過得很辛苦。類似的諺語有「**去り跡へ行くとも死に跡へ行くな**」、「**出た跡へは行っても死んだ跡へは行くな**」等。

順便說明，「往ぬ」也可寫成「去ぬ」，有

「前往」、「離去」、「時光流逝」及「死去」、「腐壞」等意思。在關西地方，人們有時會將「差不多該回去了」說成「差不多該前往了」。

添わぬうちが花

有些人如此感嘆

解說 「添わぬうち」是「尚未相伴時」。整句諺語指的是結了婚，開始共同生活後，才看清原本沒看到的缺點，因為一點小事就爭執。因此，婚前才是最快樂的時光。

西洋類似諺語說**「想快點長大和結婚的願望，實現之後才開始後悔」**也很有趣。

這裡的「〇〇が花」裡的「〇〇」，指的是「最美好的時期」，例如**「待つうちが花」**、**「見ぬが花」**等，都有「雖曾做出各種想像，內心滿懷各種期待，實際發生後才知道不是那麼一回事。因此，想像階段才是最開心」的意思。各位一定都曾有過類似經驗吧？

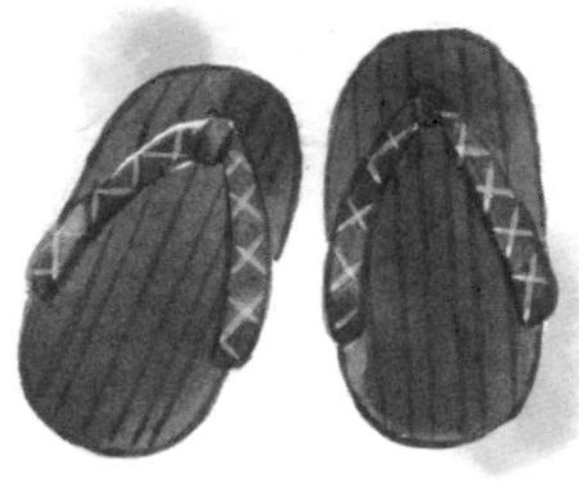

親子

父母都希望孩子健康長大。
孩子長大成為父母後，
才終於明白當年父母的辛勞，
想要回報。
從這些諺語中可以看出
父母為孩子著想與孩子思慕父母的心情。

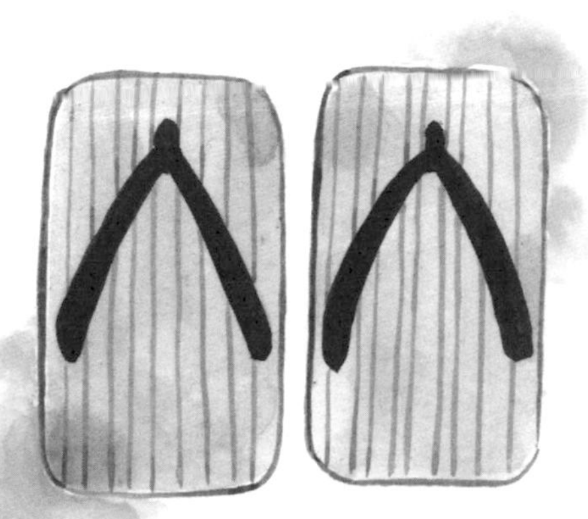

孩子是寶

子(こ)に過(す)ぎたる宝(たから)なし

孩子比任何寶物還珍貴

解說　孩子的重要性遠大於比任何寶物。類似諺語很多，例如**「子に勝る宝なし」**、**「千の倉より子は宝」**、**「財宝より子宝」**、**「千両子宝」**等。

《萬葉集》中也有山上憶良歌頌孩子價值比任何寶物都珍貴的短歌。

銀も金も玉もなにせむに
勝れる宝子に及かめやも

（金銀寶玉都不算什麼，這世界沒有任何寶物能勝過孩子。）

平康賴編的佛法說話集《寶物集》中也能看到類似的諺語。

只人の身には子に過ぎたる宝なし

（身為凡人，沒有比孩子更重要的寶物。）（這裡的「只人」指的是與僧人相對的凡俗之身）

鎌倉時代以戰爭為主題的文學作品《平家物語》中，也可看見這句諺語。或許這句話從當時便已廣泛流傳。

由此可知，自古以來一直都有將孩子視為珍寶的觀念，在少子化的現代，孩子除了是父母與家人的寶物之外，更稱得上是社會之寶。

持(も)つべきものは子(こ)

沒有比自己擁有孩子更值得感恩的事

解說

這句諺語的意思是說，從孩子身上能得到從任何其他人身上都無法獲得的東西。因此，擁有孩子是值得感恩的，沒有比自己的孩子更值得感恩的存在。

室町時代謠曲《苅萱》（筑紫之加藤左衛門尉繁氏出家後改名苅萱道心，隱居高野山中。後其子石童丸上山尋父，兩人雖然見到了面，苅萱為遵守對師父法然的誓言，直到最後都沒有承認自己是石童丸的父親）中也可看到這句諺語。

此外，江戶時代浮世草子《浮世親仁形氣》中則有這樣的句子：

野でも山でも持つべきものは子なりけり

這句的**「野でも山でも持つべきものは子」**指的是就算住在荒山野外，無論任何情況下，孩子都是值得依靠的存在。

三人(さんにん)子(こ)持(も)ちは笑(わら)うて暮(く)らす

孩子最好生三個

解說 小孩生三個剛剛好，能讓人過幸福的生活。

日本有不少關於「三個小孩剛剛好」的諺語。

子三人子宝

小孩太多養起來也不容易，三個剛剛好。

多し少なし三人

三個小孩不多也不少，剛剛好。

子ども三人　世は八月　いつも半麦　月の世に

三個小孩不多不少，正如農曆八月的天氣或每天都有明亮月光的生活，以及一半大麥一半白米的飯食。這樣的生活最是理想。

足らず余らず子三人

收入不多不少，生三個孩子，如此便是理想生活。也可以解釋為三個孩子不多不少剛剛好。

貸さず借りず子三人

不借人金錢也不向人借貸，只要有三個孩子就能過著輕鬆幸福的生活。

負わず借りずに子三人

沒有欠債，生三個小孩，這就是幸福家庭。

這些諺語一直到明治時代之前還很常使用。我好奇現代人認為理想的孩子人數是幾個，於是著手調查了一下。根據國立社會保險人口問題研究所於二〇一五年做的調查，詢問夫妻「理想的孩子人數」得到的回答平均是二點三二人。既然平均都超過兩人了，雖然不知具體數字，但現代或許也和古時相同，許多夫妻都希望擁有三個或超過三個孩子也說不定喔。

生三個孩子，順序以男、女、男最為理想

後前息子に中娘（あとさきむすこになかむすめ）

解說　三個孩子剛剛好，老大和老么最好是男孩，中間的老二生女孩，如此最為理想。

希望第一個孩子生男孩，原因應該還是在於如此才後繼有人吧。

此外，日語中有**「一姬二太郎」**的說法，意思是第一個小孩生女孩比較好養，有了育兒經驗再生男孩比較好。這原本是關於「生兒育女理想順序」的諺語，有時也用來安慰希望生出長男繼承家業卻先生了女兒而感到失望的人。雖然也有人將「一姬二太郎」解釋為「一個女兒、兩個兒子」，認為這句話指的是「生三個孩子最理想」，其實這並非原本的意思。

育兒

孩子就是這樣長大的
寝る子は育つ

解說 睡得多證明孩子身體健康，愈是這樣的孩子愈能擁有強健體魄。類似諺語還有**「寝る子は達者」**、**「寝る子は息災」**（息災指的是不生病，身體健康平安）。

這句是耳熟能詳的諺語之一，雖然幕府末期前的諺語集中未見收錄，自古以來民間已有這種說法，明治時代之後各地的諺語集中也都有收錄。

關於孩子要怎麼養大的諺語還有許多，其中包括鮮為人知但相當有趣的諺語。

泣く子は育つ（愛哭的孩子長得快）／**赤ん坊は泣き泣き育つ**（嬰兒都在哭泣中長大）／**子どもは泣くのが商売**（小孩就是要哭）／**屁を放る子は育つ**（放屁的孩子長得快）／**屁を放る子は息災**（放屁的孩子健康平安）／**洟垂らし子は頑丈**（流鼻水的孩子身體強壯）／**洟垂らし子はまめ**（流鼻水的孩子身體強壯）（這裡的「まめ」也是身體強壯的意思）

從前冬天常見小孩掛著鼻涕，活力十足玩耍的模樣，不知從什麼時候開始，已經看不到這樣的光景了呢。

祈求孩子成長的父母心
這(は)えば立(た)て　立(た)てば歩(あゆ)めの親心(おやごころ)

解說 看到孩子從出生到會爬，做父母的就會希望孩子趕快能站，看到孩子會站了，又會希望孩子早點學走路。這是一句展現父母祈求孩子健康成長心情的諺語。

這句諺語出自江戶時代川柳集《柳多留》，在那之前人們也已常說「這えば立て立てば歩め」。早於這本川柳集的徘文徘諧集《類柑子》中也有這樣的詩歌：

這へば立て立てば歩めと思ふにぞ
我身につもる老をわする

（看到孩子爬就希望他站，看到他站就希望他快學會走路，卻忘了自己的年紀也一天比一天增長。）

不知是否模仿這句詩歌而來，江戶時代的諺語

集中有個有趣的句子是這麼說的：

這えば立て立てば歩めと思ふ孫　我身の年の寄るを厭はで

毫不在意自己日漸衰老的事實，看到孫子會爬就期待他會站，看他會站就希望他走路。

這已經不是父母，而是祖父母對孫兒成長的心願，只要有了孫子，連自己一天比一天衰老的事實都可以遺忘。

十で神童十五で才子二十過ぎれば只の人

儘管父母如此期待

解說　小時候被譽為神童的人，隨著年齡增長漸漸成為普通秀才，長大成人後多半也只是一個凡夫俗子。類似的諺語還有**「六歲の神童　十六歲の才子　二十歲の凡人」**。

即使被周遭視為神童，備受父母期待，小時候看起來比同年齡的孩子優秀，也可能伴隨著成長逐漸成為非常普通的凡人，這是常有的事。反過來說，也可能像「昔日惡童，今日老師」（這不是諺語）一樣，即使小時候被認為是壞孩子，絲毫不受期待的人，長大成人後說不定會成為學校老師或公司社長。

西洋的類似諺語則說**「A man at five may be a fool at fifteen」**，這就是所謂「小時了了、大未必佳」。

かわいい子には旅をさせよ

希望孩子經歷各種體驗

解說 父母總是會忍不住寵溺孩子，其實如果真疼愛孩子，就該讓他們遠離父母保護，到外面世界闖一闖，吃苦的經驗也很重要。

這裡的「旅」，指的是離開自己居住的土地，造訪其他地方，也可以說是旅行。重要的是離開出生成長的家，進入與日常生活不同的環境，換句話說，就是到外面世界累積各種經驗。

這是一句自古流傳至今的諺語，《北条氏直時代諺留》（一五九九年左右）中就可看到這樣的句子：**「かわゆき子には旅させよ」**。

淺井了意著作，描述從江戶到京都遊記的《東海道名所記》中也有這樣的記載：

いとほしき子には旅をさせよといふ事あり。
万事思ひしるものは旅にまさる事なし。

（疼愛孩子就該讓他出遠門，沒有什麼比旅行更能累積各種體驗。）

「万事思い知る」指的不只是體會世間各種艱難辛苦，正如諺語**「旅は道連れ世は情け」**及**「旅は情け人は心」**所說，一如旅途中需要可靠的旅伴，活在世間也就像一趟旅程，體貼並同理他人也是很重要的事。

此外還有**「旅は憂いものつらいもの」**的說法，古時候出遠門旅行就像一連串的修行，充滿煩憂與痛苦。相較之下，現代旅行就不只如此，享受美食也是旅行的樂趣之一，這就叫**「旅は食いもの食らいもの」**。

親(おや)の甘茶(あまちゃ)が毒(どく)となる

溺愛對孩子沒有好處

解說 父母用一味寵愛的方式養育孩子，對孩子的將來沒有幫助。這句諺語就是用來提醒父母不要用寵愛的方式養育孩子，類似的諺語有**「親の甘いは子に毒薬」**。

除了父母之外，還有一句諺語是說如果祖母太過寵愛，孫子長大就會像這樣：

あいだてないは祖母育ち

這裡的「あいだてない」指的是任性自私，不懂得體貼別人的意思。這句諺語是說，祖母帶大的孩子往往任性妄為。

祖母育ちは三百安い

這句諺語則是說，祖母帶大的孩子看起來比其他小孩更頑劣，在別人眼中評價也比較低。「三百安い」是用從前的幣值來說便宜了三百文錢的意思，換句話說，就是價值比別人低。

二度教えて一度叱れ

責罵雖有必要，反覆教導正確的事更重要

解說 這句諺語是說，孩子成長過程中難免犯錯，此時不該一味責罵，重要的是反覆教導正確的事，偶爾罵一次就可以了。

此外也有**「三つ叱って五つ褒め七つ教えて子は育つ」**的諺語。這句話的意思是說，相較於「教小孩要嚴厲，不可過度寵溺」的觀念，更重要的是同步進行「讚美」和「教導」。這個觀念和現代的教育理念可說有共通之處。

父母的辛勞

子宝脛が細る

孩子雖然是寶，養育起來還是很辛苦

解說 對父母而言，孩子固然是寶貝，但養育小孩還是有各種辛苦之處。

「脛」是小腿的意思，在日語中象徵不事生產之人的金錢來源。**「親の脛をかじる」**（啃父母的小腿）說的就是小孩無法自立生活，只能靠父母養，在經濟上依賴父母。一個家庭若是小孩眾多，或是孩子長大仍無法獨立自主，就得一直依賴父母，父母的小腿就會被「愈啃愈細」。

母が痩せると子が太る

變細的不只小腿

解說 隨著孩子成長，母親卻日益消瘦，意指辛苦撫養小孩而耗損自己。

「痩せる」除了字面上「贅肉減少、身材變瘦」的意思外，也有因為辛苦而耗損的意思。相反地，「太る」除了有「體重增加、變胖」的意思外，在這句諺語中也代表孩子日漸成長，長大成人的意思。

西洋諺語則說**「有小孩的人，自己的食物總是不夠吃」**。

看到這些諺語，眼前不禁浮現母親自己忍耐少吃，為的是讓孩子吃飽的光景。

有三個女兒就準備破產

娘三人持てば身代潰す

解說 「身代」是財產的意思，這句諺語的意思是，有三個女兒的家庭，光是為了準備她們的嫁妝就會花光所有財產。

養女兒到把她們嫁出去，就是得花上這麼多費用，父母也很辛苦。從以前到現在，雖然用字遣詞有所不同，各地區類似的諺語倒是不少：**娘三人あれば竈返す**（「竈返す」就是破產的意思）／**娘三人くれると竈の灰までなくなる**／**娘三人持つよ屋根棟が落ちる**

也有這樣的諺語：**「娘の子は強盗八人」**（養一個女兒就像被搶八次），和西洋諺語的「**Two daughters and a back door are three arrant thieves**」類似。

做父母的不知道要為孩子傷心多少次

子を持てば七十五度泣く

解說 有了孩子之後，父母就會一輩子為孩子擔心操煩，被惹得傷心的次數也多。這句諺語想表達的是養育兒女有多辛苦。

這句話出自江戶時代通俗文學「滑稽本」《浮世風呂》第三篇〈女澡堂〉中一位母親說的話。《浮世風呂》作者是式亭三馬，全書透過江戶庶民的社交場所「澡堂」中澡客們的對話，描述當時風俗民情。因為對話很有意思，在此特地以較長的篇幅節錄。依照原文，使用□和△代替人名。

□：「人家說有了小孩就得哭七十五次，我家那臭小鬼說不定得害我哭上幾百次。」

△：「誰教妳要把他當兒子，當作是杜鵑鳥不就得了。」

□：「這話怎麼說？」

△：「杜鵑鳥會叫八千八百次啊。」

□：「哭的又不是那個臭小鬼，是我啊。」

孩子會束縛父母一輩子
子は三界の首枷

解說　這句諺語是指無論在三界的哪一界，小孩都是奪去父母自由的枷鎖。換句話說，父母一輩子都會受到小孩的束縛。

「三界的枷鎖」（**三界の首枷**）指的是阻礙人們逃離現世的苦惱，「過去、現在、未來」的自由都受到束縛的意思，自古以來就有**「親子是三界之枷鎖」**的說法。

所謂「三界」指的是在這世界上所有生物，尤其是人類從出生到死去後往來的世界，橫跨過去、現在與未來的一切時空。無論何時何地都包括在內。

「枷鎖」原是掛在罪人脖子上限制其自由的木製或鐵製刑具，引申為束縛人類所有行動與自由的東西或牽絆。牽絆有時會被視為家族等人與人之間關係的聯繫，若將「牽絆」看作等同「枷鎖」的東西，則有一句諺語是這麼說的：**「子は浮き世の絆し」**（孩子是塵世的牽絆）。

西洋諺語也說**「Children suck the mother when they are young and the father when they are old」**。

不管有沒有小孩都很辛苦

子は有るも嘆き無きも嘆き

解說 有了小孩就抱怨有小孩的辛苦，沒有小孩又會哀嘆沒有小孩的寂寞。

這句諺語來自寫於鎌倉時代的《源平盛衰記》中「丹波少將召捕」故事，繼續往下閱讀是這麼說的：

子は有るも歎き無きも歎きと云ひながら、無きはほしと楽ひ思ふばかりなり、有りては旁煩ひ多し。

（有孩子也是煩惱，沒有孩子又會怨歎，沒有的人一心想要孩子，有的人又會有擔不完的苦和操不完的心。）

和孩子一樣無論有無都令人煩惱的就是金錢，正符合了這句諺語：「有っても苦労、無くても苦労」（有也操煩、沒有也操煩）。

不懂父母的心情，任性妄為的孩子

親の心　子知らず

解說 孩子們總是不懂父母付出多少愛，經歷多少辛苦，只知任性妄為。

常聽為人父母抱怨「孩子們只知道玩，都不知道我們養育他們有多辛苦」、「孩子們一點都不知道我們為了他們的將來有多操心」等等，例子多得不勝枚舉。

一定有很多做父母的像這句諺語一樣，認為「孩子不懂父母的心」吧。類似的諺語還有這些：

親の思うほど子は思わぬ

孩子為父母著想的，沒有父母為孩子著想得多。另一個說法是**「親の思う子半分」**（孩子為父母著想的只有父母為孩子著想的一半）。

親煩悩に子畜生

父母深愛孩子，孩子卻一點也感受不到。

話雖如此，總有一天孩子們還是能理解父母的愛與付出。

以上諺語不只用在親子，也可以用在地位較高的人、上司或老師等為地位較低的人、下屬或學生衷心付出時。

子（こ）の心（こころ）　親（おや）知（し）らず

父母無法理解日漸成長的孩子的心

解說 父母實際上並不了解孩子內心真正的想法。不管孩子多大，父母總還把他們當成小孩子，以為自己很懂孩子們在想什麼，卻沒有察覺孩子早已一天天長大，父母也無法理解孩子們的心情和想法。

孩子的成長超乎父母想像，他們慢慢會有自己的思考。父母若發現自己並未真正理解孩子心情時或許會有點悲傷，只要告訴自己這是孩子的成長，也就值得欣慰了。

父母的愛

親の意見と冷や酒は後できく

父母的苦心往往日後才能體會

解說 冷酒剛喝下肚不會醉，醉意是慢慢產生的，正如孩子無法馬上理解父母說的話，隨著時間流逝才漸漸能夠體會。類似的諺語有**「冷や酒と親の意見は後の薬」**、**「灸と親の意見は後の薬」**。

父母認真思考過才對孩子提出的意見，聽在孩子耳中只覺得囉唆，有時也不當一回事。得到日後才領悟「原來當初爸媽是那個意思」，終於懂得感激父母的苦心。

親の意見と茄子の花は千に一つも無駄は無い

父母總是站在為孩子著想的立場，不會提出無謂的意見

解說 茄子只要開花一定會結實，就算開了一千朵，也不會有一朵花白白綻放。同樣的，只要是為孩子將來著想的父母，就不會提出無謂的意見，一切都是為了孩子好。這句諺語意在告誡孩子要好好聽從父母的意見。

這句諺語也會讓身為父母的人痛切反省，回想自己是否對孩子說出了無謂的意見？

類似說法為**「親の意見と茄子の花は千に一つの仇はない」**，這裡的「仇」也可寫成「徒」，

意思就是「徒然」、「無謂」，開了卻不結實的花就稱為「徒花」。

包括島根縣民謠《安來節》在內的各地民謠歌詞中都可見到這句諺語。

離家方知父母恩

他人の飯を食わねば親の恩は知れぬ

解說 這裡的**「他人の飯を食う」**（吃別人的飯）指的是離開父母身邊，在別人家過夜或吃飯，接受別人照顧，或是在別人家工作等等。經歷與人群的摩擦，累積社會經驗，遠離父母，和其他人一起生活，嚐到連多添一碗飯都不好意思的滋味後，才終於理解父母的可貴。

類似諺語有**「他人の飯には骨がある」**。這句諺語是說，在別人家吃的飯，就像混有魚刺一樣難以下嚥。別人對自己再親切，終究還是別人。這類諺語想表現的是寄居他人家中或在外工作時的辛勞。

養兒方知父母恩

子を持って知る親の恩

解說 自己成為父母，經歷了養育子女的辛苦後，這才終於體會父母的偉大，懂得感恩父母。**「子を育てて知る親の恩」**、**「親の恩は子を持って知る」**也是一樣的意思。

以美人圖聞名的畫家竹久夢二隨筆集《砂搔》中有這樣的一段文章：

養兒方之父母恩。把這句話中的「恩」換成

「辛苦」，其實更適切。

正如他所說，很多人自己小時候雖也親眼目睹父母的付出，卻完全無法體會箇中滋味。只有當自己也成為父母時才初次體會到「父親和母親為了孩子竟然這麼辛苦」。

父母為孩子想的永遠比孩子為父母想的多
親思う心にまさる親心

解說 這句話的意思是，比起孩子替父母著想的心意，父母為孩子設想的更多更深。類似的說法有**「子が思うより親は百倍思う」**。

這句諺語來自幕末長州藩士吉田松陰於二十九歲那年（一八五九年）遭處刑時，留給父母的辭世之句：

親思ふ心にまさる親心
けふのおとづれ何ときくらん
（父母念我更勝我念父母　聞我今日死訊將做何感想）

「けふ」是「今日」，「おとづれ」是知會、通知的意思。整句的意思是「聽到我今天遭處刑的事，我的父母不知將做何感想」。藉此對養育自己成人的雙親表達感謝之情，也表達了自己先父母一步離世的愧疚之意。

報答父母之恩

反哺の孝（はんぽ　こう）

連烏鴉都懂得孝順……

解說　「反」是返還、退回，「哺」是口中的食物。這句諺語指的是連烏鴉都不會忘記小時候父母以嘴餵食的恩情，長大之後也會用反哺的方式餵養年老的父母，報答養育之恩。

就連烏鴉都懂得回報父母的恩情，人類當然更非孝順父母不可。此外，**「烏は親の恩に報いる」**、**「烏は親の養いを育み返す」**、**「烏は反哺の孝あり」**等都是一樣的意思。

還有一句諺語是**「鳩に三枝の礼あり　烏に反哺の孝あり」**，這句諺語是要人重視禮儀，克盡孝道的意思。「鳩に三枝の礼あり」是說鴿子停在樹上時，會選比父母所在之處低三根樹枝的地方，用來表示遵守禮節。這句話也可以單獨使用。

子にすることを親にせよ（こ　おや）

對父母付出與對孩子相同的愛

解說　這句諺語的意思是，如果在自己有了小孩之後才懂得父母的可貴，就該對父母付出與對孩子相同深厚的愛，用同樣的心意為父母盡孝。**「子ほどに親を思え」**也是一樣的意思。

這是孝順的行為，在此想請讀者一起來看看「孝」這個字。

第一眼就能看出「孝」這個字裡包含了「子」吧。那麼，上面的「耂」又代表什麼意思呢。這個字表現的是老年人彎腰拄杖的姿態，也是「老」的簡字。「耂」加上「子」，表現孩子重視年邁父母的樣子，也就是「孝」。我每次看到這個字，腦中就會浮現孩子代替拐杖，揹著年邁父母前行的樣子。

親には一日に三度笑って見せよ

笑容以對也是一種孝行

解說　如果想要孝順父母，隨時對父母保持笑容也是重要的孝行。

這句諺語來自鎌倉時代僧侶日蓮留下的遺書。

父母に孝あれとは、たとひ親はものに覚えずとも、悪さまなる事を云ふとも、聊かも腹も立てず、誤る顔を見せず、親の云ふ事に一分も違へず、親に良き物を与へんと思ひて、せめてする事なくば、一日に二三度えみて向かへと也。

（所謂對父母盡孝，是就算父母已經無法明辨道理，又或是口出惡言，自己也一點都不會生氣，不對父母露出不悅的表情，不違逆父母說的任何一句話，一心只想給父母好東西。就算什麼都不做，至少一天要對父母展現兩三次笑容。）

這段話應該就是這句諺語的由來。

如果想對父母盡孝，首先就用笑容面對父母吧。對父母而言，看到子女的笑容或許比收到任何禮物都開心。如果沒有和父母生活在一起，也可以打電話給父母，用溫柔的語氣問安，父母一定也會很高興。

要趁父母還在時盡孝（之一）

孝行のしたい時分に親は無し

解說 這句諺語是在感嘆明知必須對父母盡孝，卻無法在父母仍健在時做到，等父母過世後才終於體會父母的可貴，後悔沒有早點在父母還在時盡孝。這也是一句提醒人們必須在失去父母之前及時行孝的諺語。

這句話出自江戶時代川柳集《柳多留》，因為獲得許多人的共鳴，在幕府末期時成為眾所周知的諺語。

要趁父母還在時盡孝（之二）

石に布団は着せられず

解說 這裡的「石」指的是墓碑，意思是父母過世後才為墓碑蓋被也稱不上是盡孝，提醒人們孝順要及時。「**孝行のしたい時分に親は無し**」也是一樣的意思。

我的父親在年輕時猝逝，他還在世的時候我只會給他添麻煩，沒有盡過一天孝，每次看到這類諺語，內心都會十分感慨。

要趁父母還在時盡孝（之三）

樹静かならんと欲すれども風止まず

解說 這句諺語正是中文的「樹欲靜而風不止」。就像風停之前無論如何也無法讓樹停止晃動，若孩子想孝順父母，父母卻已經不在人世的話，同樣無論如何都沒有辦法再盡孝。這正是一句提醒人們要趁父母在世時好好盡孝的諺語。也

可用來比喻事物無法盡隨己意。和**「風樹の歎」**是一樣的意思。

中國的《詩經》解說書《韓詩外傳》中，還有這句話的後續。

> 樹欲靜而風不止，子欲養而親不待。往而不可得見者親也。

（孩子想回報父母養育之恩時，父母已前往另一個世界，再也無法得見。）

另外有句諺語說**「子養わんと欲すれども親待たず」**（子欲養而親不待）也是一樣的意思，都是用來提醒人們要趁父母在世時盡孝。

在日本，天台宗祖源信作的《往生要集》中也曾提到這句「樹欲靜而風不止，子欲養而親不待」。

親の恩は子で送る（おやのおんはこでおくる）

好好培育自己的小孩是對父母恩情的回報

解說 這裡的「送る」有回報、償還的意思。這句諺語是說，好好培育自己的孩子，也等於是回報父母對自己的恩情。本來應該趁父母還在世時回報親恩，如果父母已經過世，無法直接孝順父母，就要好好地將自己的孩子養育成人，藉此回報父母之恩。**「親の恩は次第送り」**也是一樣的意思。

即使父母已經過世，無法直接孝順父母回報親恩，只要好好照顧自己的身體，將孩子健康平安養大，過世的父母一定也會感到欣慰。

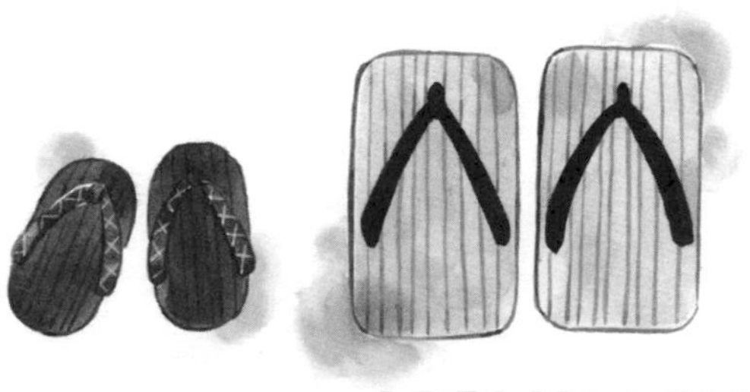

婆媳

婆媳關係自古難。
這樣的關係到了現代依然沒有太大改變。
諺語明確點出了雙方不同的立場與心境。
或許能為打造良好婆媳關係帶來一點靈感。

水火不容的關係

好感情也只是最初一段時間的事

嫁と姑も七十五日（よめとしゅうとめもしちじゅうごにち）

解說 婆媳關係只有一開始順利，隨著時間過去，漸漸就會起疙瘩。

與「**人の噂も七十五日**」（閒話頂多傳七十五天）有異曲同工之妙的諺語。這裡的「七十五日」指的是一段不長的時間，也可以說是「暫時」。無論哪個家庭，剛娶回媳婦時，做婆婆的都會愛惜媳婦，婆媳關係也會有一段時間順利，然而那只不過是一時，隨著時間久了，婆媳關係還是會惡化。不過，這句諺語也有另一個意思是「就算剛開始關係不好，日子一久也就習慣了」。

也有其他使用「七十五日」的諺語，比方說「初物七十五日」（吃該年度生產的新鮮食物能增加七十五天壽命）。諺語中常見「七十五天」的說法，為什麼不是「五十天」這樣的整數呢，原因不清楚，推測大概因為「七十五天」相當於兩個半月，幾乎等於一個季節的長度，和季節的轉移或許有關。

稱讚媳婦也只有最初的一段時間

嫁の初褒め七十五日（よめのはつほめしちじゅうごにち）

解說 媳婦剛嫁進去時，婆婆還會經常稱讚她。但那也只是一時，隨著時間久了，婆婆就不再讚

美媳婦了。

別說七十五天，還有更短的「**嫁の三日誉め**」（稱讚媳婦頂多三天），不過，無論多壞心的婆婆，至少剛娶進門的那幾天應該不會說媳婦的壞話或欺負媳婦，甚至還會稱讚她。

話雖如此，那也只有短暫一段時間。一如「**嫁を教うるは初めにせよ**」、「**嫁は来たときに仕込め**」等諺語，婆婆總在媳婦剛嫁進門時就開始指導管教，卻慢慢不再讚美媳婦，只要媳婦學不好什麼事，馬上就抱怨起媳婦來。

針鋒相對在所難免？

嫁と姑　犬と猿

解說　婆媳關係如同「犬猿之交」，水火不容，動不動就起爭執。

日本有好幾個形容感情不好的諺語，婆媳關係為何不好，婆婆為何虐待媳婦，原因可能有很多，卻找不到任何提及原因的諺語（唯一類似的只有「**姑の仇を嫁が討つ**」，請參照71頁）。

順帶一提，形容感情好的婆媳時，一樣有以動物比喻的諺語。川柳中有這麼一句話：「**うきうきと嫁と姑が馬と猿**」（喜孜孜的婆媳宛如馬與猴）。能被吟入川柳，可見感情好的婆媳有多麼罕見。

婆媳感情好是一件不可思議的事

嫁と姑の仲の良いのは物怪の不思議

解說　「物怪」指的是出乎意料，不可思議的事。一般來說婆媳關係不好是理所當然，感情好的婆媳非常罕見，令人匪夷所思。類似的說法有

「嫁と姑の仲の良いのは物怪のうち」。

有個地區性說法是**「嫁と姑の仲が良かったら大地（釜）が割れる」**（婆媳感情好，大地（鍋子）都會裂），可見婆媳感情好雖然罕見，但也不是完全不可能。

一點小事就反目成仇

姑と嫁には火がつく

解說 平常感情不佳的婆媳間，就像埋著一個燜燒的火種，只要冒出一點小火花就會燃起熊熊怒火，甚至引起爆炸，反目成仇。

關係一旦著火就很難收拾，無法完全熄火，持續燜燒狀態，下次再有一點小事又會重新燃燒，日常生活就是不斷這樣的反覆。

也是有感情好的時候

盆三日は嫁と姑仲良くなる

解說 盂蘭盆節期間眾多親戚聚集，家中客人也多，加上這段時間人人謹言慎行，連帶婆媳之間感情也變得比平常好。

盂蘭盆節期間媳婦和婆婆都很忙，連爭執的時間也沒有。不過，這只是表面上的和平，或許也可說是暫時停戰休兵。

媳婦短暫回娘家期間的和平

嫁の朝立ち　娘の夕立ち

解說 媳婦有機會回娘家時，總是高興得一大早就出門，回到娘家恢復女兒身分，和家人度過親密時光。但是到了傍晚，女兒又得回到媳婦身分，拖著沉重腳步回夫家。

這句諺語形容的是媳婦思念娘家，討厭婆家（婆婆）的心情，類似的還有以下諺語。

宵の風は母の風　朝の風は姑の風

這句話的意思是，傍晚吹的風像母親一樣溫柔和暖，早晨吹的風像婆婆一樣激烈冷冽。是一句用「風」來比喻母親與婆婆不同的諺語。

媳婦不在時，婆婆也能喘口氣

嫁の留守は姑の正月

解說 放媳婦外出，不在身邊時，婆婆也因為能喘口氣而覺得高興。

每天二十四小時監視媳婦、抱怨媳婦，婆婆也會累。為了緩和婆媳之間緊繃的關係，還是得找一段時間讓彼此保持距離喘口氣。

婆婆們聚集在一起放鬆心情

茶所は嫁そしり所

解說 「茶所」指的是神社寺廟奉茶接待參拜者的地方，也可以說是休息區。不少上了年紀的人喜歡聚集在茶所講媳婦的壞話。

到了現代，類似茶所的地方就是咖啡店，婆婆們即使移駕這裡，大概還是會進行一樣的對話吧。

姑嫂之間的關係

小姑一人は鬼千匹に向かう

解說 對媳婦來說，小姑（丈夫的姊妹）也是麻煩人物，棘手的程度堪稱與上千惡鬼對峙，既恐怖又擾人。想跟小姑相安無事也不是一件容易的事。類似的說法還有**「小姑は鬼千匹」**、**「姉姑は鬼千匹、小姑は鬼十六に向かう」**。

小姑畢竟是婆婆的女兒，長相和聲音就不用說了，連語氣和囉唆的程度都和婆婆不相上下，有些小姑或許還奉婆婆之命暗中監視媳婦。尾崎紅葉就曾在《兩個妻子》中如此描述：

> 有人除了婆婆之外，還得多背負一個名為小姑的負荷。小姑是不容小覷的敵人，她是婆婆的眼線，隨時將媳婦的一舉一動密報給婆婆。

有這樣的小姑等於要應付兩個婆婆，對媳婦來說確實是相當棘手的存在。

所謂婆婆

心情隨時都可能轉變

朝（あさ）のぴっかり姑（しゅうと）の笑（わら）い

解說 早上陽光燦爛的好天氣就像婆婆心情好時的笑容，隨時都可能轉變，不能太當一回事。類似諺語有**「朝日のちゃっかり姑のにっかり（にっこり）」**、**「朝照りと姑婆のにこにこ顔は油断すな」**。

不限於天氣，面對任何事情都一樣，起步時的狀況愈好，就得愈保持警戒。

婆婆心情好反而恐怖

姑（しゅうと）の朝笑（あさわら）い後（あと）が怖（こわ）い

解說 い平常總是臭著一張臉的婆婆，某天早上難得露出了笑容，看起來心情似乎很好。但若因此放鬆戒備，不知道善變的婆婆之後會有什麼反應，反而更恐怖。

早上婆婆的心情明明看似大晴天，漸漸地烏雲似乎愈來愈多，接著忽然打雷下大雨。看來，早上的好心情只是暴風雨前的寧靜。

此外，婆婆出現平常罕見的笑臉時，說不定內心正打著什麼壞主意，才會忍不住露出期待的笑容，做媳婦的最好小心一點。

就算語氣溫柔，眼神也可能洩漏真心

猫撫（ねこな）での姑時々目（しゅうとときどきめ）が変（か）わり

解說 有時就算婆婆用溫柔的語氣對媳婦說話，眼神還是會透露真心，就像貓眼隨周遭光線改變大小一樣，婆婆的眼神也會隨心情改變，洩漏真正的想法。

這句話出自江戶時代的川柳集《柳多留》。媳婦無法學好婆婆教的事時，就算婆婆嘴上說「沒關係，下次再好好做就好」眼神也會瞬間露出「都教妳了怎麼還學不會」的憤怒目光。類似的諺語有**「目は口ほどに物を言う」**（就算不用嘴巴講，眼神也會說話。另一個意思是：即使嘴上說的話能掩飾真心，眼神也藏不住）、**「目は心の鏡」**。

婆婆的眼淚不為媳婦流

姑（しゅうとめ）の涙汁（なみだじる）

解說 一如俗諺**「鬼の目にも涙」**（惡鬼也會流眼淚），這句諺語指的是雖然惡鬼般的婆婆有時也會被媳婦打動或流淚，但幾乎不曾為媳婦流下同情的眼淚。用「婆婆的眼淚」引申罕見的事物。

形容婆婆對媳婦連一點同情心都沒有的諺語是**「姑の涙は無い」**。

別把婆婆口中的「我年輕時……」當回事

姑の十七見た者がない

解說 婆婆動不動就對媳婦說「我年輕時如何如何」，不是炫耀就是抱怨，但是沒人實際看過婆婆年輕（十七歲）時的樣子，所以那些話也只要聽聽就好，不用當一回事。類似的諺語有**「親の十七見た者がない」**。

在此舉個與婆婆炫耀年輕事蹟有關的諺語。

姑に拙縫なし

這句話的意思是，嫌棄媳婦裁縫手藝不佳時，婆婆總會誇耀自己年輕時沒縫過難看的東西。

反過來說，婆婆從來不會提自己年輕時的失敗談或被自己婆婆責罵的經驗，媳婦根本無從得知婆婆年輕時的真實情形。

一心怨恨媳婦的婆婆難討好

姑という字は難しい仮名で書いても読みにくい

解說 婆婆的心思「難以捉摸」，在日文中「難以捉摸」（読みにくい）和「怨恨媳婦」（嫁憎い）發音相近，因而有了這句雙關諺語。類似的說法是**「姑の文で嫁憎い」**。

日語中「姑」是婆婆的意思，讀音有「しゅうと」和「しゅうとめ」兩種，以前也會用假名寫成「しゅうとめ」，或許是因為這樣，讓人覺得很難讀吧（譯註：日語中的「難讀」也有「難以捉摸」的意思）。

附帶一提，「姑」的漢字以「古」與「女」組成，古代表年長，「姑」意指年長女性，也就是丈夫或妻子的母親。日語中的「舅」（キュウ・しゅうと，公公的意思）則由「臼」與「男」組成，臼是「舊」的意思，和「古」一樣代表年長者。

婆婆的內心話

秋茄子嫁に食わすな

普遍的解釋是「不讓討厭的媳婦吃當季美食」

解說 秋天收成的茄子特別美味，站在婆婆的立場，讓媳婦吃這種好東西太可惜，這句諺語普遍的解釋正是「不讓討厭的媳婦吃當季美食」的意思，用來比喻婆婆對媳婦的欺凌。不過，也有其他不同的解釋。

和單純欺負媳婦，不讓討厭的媳婦吃好東西的解釋相反，也有人認為這句諺語意在表達婆婆對媳婦的體貼。因為茄子性冷，秋天吃多容易使身體虛寒。另一個解釋是因為萩茄種子少，古人迷信吃秋茄會少子孫，所以不能讓寶貝媳婦吃。

十七世紀已有這句諺語。俳諧（譯註：江戶時代日本文學形式之一）《毛吹草》中就有「秋茄子嫁に食わすな、嫁姑の仲良きは物怪の不思議」的句子。此外，江戶時代某本書裡也有這樣的對話（已改寫為現代文）：

母親每天都讓女兒吃秋茄。

女兒：「媽，我已經吃膩茄子了。」

母親：「妳也只剩下今年能盡情吃茄子了，多吃點吧。」

女兒：「為什麼？」

母親：「因為明年妳就要嫁人啦。」

這是江戶時代笑話集《笑長者》中，以「秋茄子」為題收錄的內容。然而，與其說是笑話，讀來反而傳遞了母親與女兒之間淡淡的哀傷。

和這類似的諺語有**「青田の田螺嫁に食わすな」**，意思是從稻穗尚青的田裡抓到的田螺特別好吃，所以不讓媳婦吃。同樣也有相反的說法，認為是因為這種田螺有毒，為了怕媳婦傷身才不讓她吃。

「不讓媳婦吃好吃的東西」這類諺語中出現各式各樣食物，包括秋天的鯖魚、梭子魚、鰱魚、五月的蕨等，都是各地的當季美食。

順便一提，也有一個說法是，這句諺語來自以下的古老和歌。

秋茄子早酒の粕につきまぜて、
棚におくとも嫁に食わすな。

「早酒」指的是新酒，「嫁」指的是老鼠的別名「君嫁」，整句的意思是「用新酒的酒糟醃漬

的茄子，放在架子上等待熟成時，要小心別被老鼠偷吃了」。

也有人說這裡的「嫁」（譯註：日語中「媳婦」的意思）指的不是老鼠，就是媳婦，所以才有了前面提到的諺語，但這說法也一直沒有定論。

因為肉少才給媳婦吃

鯒の頭は嫁に食わせよ

解說 這句諺語普遍的解釋是，因為鯒魚刺多肉少，所以才給媳婦吃。

另外還有一句諺語是**「鯒の頭には姑の知らぬ身がある」**（鯒魚頭有婆婆不知道的美味魚肉），也有字典解釋「鯒の頭は嫁に食わせよ」是指「給媳婦吃好東西」的意思。此外，**「鯒の隠し身嫁に食わすな」**則是指鯒魚的魚頭肉雖不多，但肉質美味，所以不要給媳婦吃。仍然是一句形容婆婆虐待媳婦的諺語。

不能把苦差事丟給媳婦

夏の火は娘に焚かせろ冬の火は嫁に焚かせろ

解說 苦差事就分派給女兒做，對女兒要嚴格指導。輕鬆的工作就讓媳婦做，不可苛待媳婦。

類似的諺語有**「八月柴は嫁に焚かすな」**。八月柴指的是八月焚燒柴火。八月天氣酷熱，燒柴這種苦差事不能交給寶貝媳婦。這是少數展現對媳婦疼愛之情的諺語之一。

媳婦的內心話

受不了婆婆緊迫盯人的生活
煙る家には居られるがにらむ家には居られない

解說 「煙る家」指的是煙霧瀰漫的屋子。整句話的意思是，和婆婆同住一個屋簷下雖然喘不過氣但還可以忍受，若婆婆一天到晚緊迫盯人的話，就真的令人受不了了。類似諺語還有「**煙る座敷には居られるが、にらむ座敷には居られぬ**」、「**煙の座敷には居れてもいびりの座敷には居れん**」。

順帶一提，對與婆婆同住一個屋簷下的媳婦來說，忍耐力是很重要的，相關諺語有「**石の上にも三年**」、「**煙る中にも三年**」。

可恨的不只婆婆
姑が憎けりゃ夫まで憎い

解說 因為太怨恨某人，連與對方有關的一切也跟著怨恨。類似諺語有「**坊主が憎けりゃ袈裟まで憎い**」（討厭和尚時，連袈裟都令人厭惡）。同樣的道理，受婆婆虐待的媳婦太恨婆婆，就算丈夫什麼也沒做，也會連帶怨恨起丈夫。

原本希望丈夫能站在自己這邊，他卻無法違逆母親，不願對自己伸出援手，甚至幫婆婆說話。這樣的丈夫就更可恨了。

媳婦熬成婆

婆婆將權力讓給媳婦
嫁に杓子を譲る

解說 杓子是將飯湯分配給家人時使用的工具，自古以來就象徵著主婦權（家長之妻打理家中大小事的權限）。婆婆將杓子讓給媳婦，表示交棒給下一代，將掌理家事的權限交給媳婦。類似說法為**「杓子を渡す」**。

媳婦還在接受婆婆指導的階段，必須學會婆婆持家的方式和家事的做法，就是為了有朝一日從婆婆手中接棒。

婆媳關係就這樣反覆下去
姑の仇を嫁が討つ

解說 光看字面可能會以為是婆婆受的冤屈由媳婦討回公道，似乎是一句媳婦體恤婆婆的諺語。其實真正的意思是「受婆婆欺負的冤仇，就從自己的媳婦身上討回來」。

多麼可怕的「婆媳連鎖效應」，婆婆與媳婦之間的關係就這樣「代代相傳」，媳婦永遠都是受苛待的一方。

相反地，雖然有**「親の恩は子で送る」**的諺語，但是大概沒有「姑の恩は嫁で送る」的說法。不過，應該也會有人感念婆婆對自己好，轉而好好對待媳婦。

給婆婆的忠告

既然已成一家人，就該好好對待媳婦

嫁は家のもの娘は他人のもの

解說 媳婦從別人家嫁入自己家就是自己的家人了，應當好好珍惜。自己的女兒則是嫁入別人家，所以不能再指望女兒。既然總有一天需要媳婦照顧年老的自己，就該把媳婦當成一家人好好疼惜。類似的諺語有**「嫁こそ子なれ」**。

和這句諺語相關的，還有一句**「いびりいびり嫁にかかる」**。這裡的「かかる」指的是「受對方照顧」，意思是說，婆婆再怎麼苛待媳婦，將來還是需要媳婦照顧，現在對媳婦做的事，日後可能都會還諸己身。為了不要落得那樣的下場，不如從現在開始疼惜媳婦，可以說是對婆婆提出忠告的諺語。

自己的女兒在別人家也不好過……

嫁を憎かば我が子を思え

解說 媳婦是別人的女兒，在憎恨媳婦之前，不妨先想想自己的女兒也是別人的媳婦。想到女兒在婆家努力奮鬥的樣子，就不忍心欺負自家媳婦了吧。

這也是少數勸戒婆婆的諺語之一。作者並非刻意列舉這麼多形容婆媳感情不佳或詆毀婆婆形象的諺語，因此，看到也有勸戒婆婆的諺語時，內心實在鬆了一口氣。

人際關係

人無法獨自生存。
活著就會和許多人產生緣份，建立關係。
善緣、惡緣、相遇、別離。
從諺語中也可學到
在悲喜交織中與他人相處的種種訣竅。

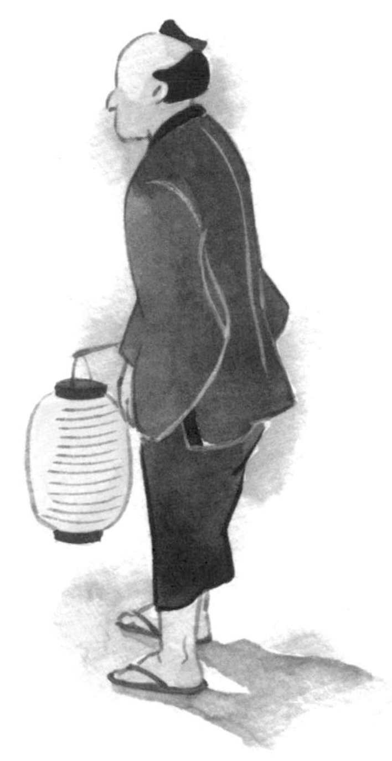

相遇與離別

一期一会（いちごいちえ）

原本指的是一生只有一次的茶會

解說　這句話來自千利休（譯註：日本戰國時代茶道宗師）弟子山上宗二留下的茶道祕笈《山上宗二記》中千利休提到的「一期に一度の会」。本來的意思是「一生只有一次的茶會」。換句話說，無論一輩子有多少參與茶會的機會，每次都要當作一生只有這一次，賓主各盡誠意，真心相待。

此後，「一期一會」便用來比喻一生只有一次的珍貴相遇或寶貴機會。不僅限於茶會，更引申為每個人或許有許多機會面對同一件事，但每次都要視為再也不會有第二次機會，珍惜當下的時光。

學習茶道的人或許知道，江戶末期幕府大老（譯註：大老為江戶幕府之官職）井伊直弼著有講述茶會中主客禮儀的《茶湯一會集》，其中提到「茶湯之會又云一期一會，即使同樣的賓主相聚機會再多，也要當作今天的茶會不再有第二次，是彼此一生只有一次的聚會。（中略）須以誠意相待，這就叫做『一期一會』」。以「一期一會」說明茶會的真髓。

附帶一提，「一期」是佛教用語，指的是人從生到死之間，也就是一生或生涯。有時也指臨死之際的臨終。「一會」指的是包括佛教法會在內的集會。一期與一會都是與佛教相關的詞彙。

在路上擦身而過也是前世因緣

袖振り合うも他生の縁

解說 即使只是在路上和陌生人擦身而過亦非偶然，都是來自前世深刻的因緣。因此，無論何種形式的相逢都該珍惜。「振り合う」有時也寫為「触り合う」或「すり合う」。「他生」在佛教中與「今生」對照，指的是前世或來世，有時也寫為「多生」，表示不斷輪迴轉世之意。

也有**「旅は道連れ世は情け、袖振り合うも他生の縁」**的說法，由此可知，這句諺語可能是從旅途中的相遇獲得靈感而誕生。鎌倉時代還有這樣的說法：

一樹の陰一河の流れも他生の縁

意思是說，即使只在同一棵樹下躲雨，或是喝同一條河裡的水，都是前世的因緣。

鎌倉時代紀行文《海道記》中有「一樹の陰、宿縁浅からず」的句子。《平家物語》中也有「一樹の陰に宿るも先世の契りあさからず。同じ流れをむすぶ多生の縁猶ふかし」，都是一樣的意思。

西方諺語也說**「偶然相識亦是命中注定」**。

另外聊個無關緊要的，有時會看到「袖振り合うも多少の縁」的寫法，不知只是單純筆誤，還是有其他意義。目前在字典裡還查不到這樣的說法，說不定哪天受到廣泛使用，就會收入字典了。

天下沒有不散的筵席

会うは別れの始め

解說 與人相遇雖是往來的開始，想到總有一天仍會分離，相遇或許也可說是別離的開始。這句諺語想說的就是「人與人之間的相遇必有別離」。類似說法有**「会うは別れの基」**、**「会うは別れ」**。

鎌倉初期的歌人藤原定家也曾吟歌形容「相遇即是別離」：

はじめよりあふはわかれと聞きながら
知らで人を恋ひける

（即使早知相逢仍會分離，不知天亮後分開有多哀傷的人們還是會陷入戀情。）

每一本辭典在說明這句話時，都會加上「人世無常」或「命運難以捉摸」等解釋。因為人生在世總有一別，所以更要珍惜分離之前的時光。

這句諺語的由來是中國唐朝詩人白居易的詩句「合者離之始」（相遇是分離的開始），佛教也有「生者必滅、會者定離」的說法。這句話的意思是，凡有生命者必將迎來死亡，凡相遇者皆迴避不了分離的命運，用意在點出人世無常。類似的諺語有**「生は死の基、会うは離るるの基」**（降生是死亡的第一步，與人相遇也是別離的第一步）。

西洋亦有俗諺云**「再好的朋友也有別離的一天」**。

人與人之間

情けは人の為ならず

與人為善總有一天將回報己身

解說 體貼他人、與人為善，總有一天都將成為善報還諸己身，所以無論何時都要對人親切善良。類似諺語有**「人を思うは身を思う」**，兩者都是自古以來就有的俗諺。

「人の為ならず」指的是「為的不是別人（不只是為別人）」。現代人也會將這句話解釋為「對他人沒有好處」，意指對別人太好，有時對對方來說不是一件好事。

順帶一提，根據文化廳所做的國語調查，詢問一般人使用這句諺語時引用的是哪個意思，結果選擇原本的意思（A）「與人為善，總有一天將回報己身」的有百分之四十五點八。由此可知，幾乎有同樣數量的人選擇非原本意思的（B）「對別人太好，有時對對方來說不是一件好事」。

若從年齡層來看，除了六十歲以上的世代外，其他世代的人選擇（B）的都比選擇（A）的多。其中尤以二十幾、三十幾歲的時代，有百分之六十多的人選擇（B）。從這份結果看來，現在將這句諺語解釋為（B）意的人可能比較多。

人を憎むは身を憎む

憎恨別人也會造成自己遭人怨恨

解說 「身」指的是「己身」，當人們對別人懷有怨恨時，憎恨的心情往往會在日後造成別人對自己的怨恨。

這句諺語和77頁的「**人を思うは身を思う**」是一組對句，出自室町時代《北条氏直時代諺留》中的「**人を思うは身を思う、人を憎むは身を憎む**」。意思是說，人們對他人懷抱的善意與惡意，總有一天都會回報到自己身上。

不只如此，連超越了憎恨的詛咒也一樣。對別人的詛咒，同樣會成為對自己的詛咒，有句諺語就是這麼說的：「**人を呪えば身を呪う**」，另一句強力勸戒這種行為的諺語則是「**人を呪わば穴二つ**」（見下例之說明）。

人を呪わば穴二つ（ひとをのろわばあなふたつ）

陷害別人的人，自己也會得到報應

解說 這裡的「穴」指的是「墓穴」，整句的意思是「詛咒別人，就等於要挖兩個墓穴」。一個挖給被咒殺的對方，一個是挖給受對方怨念報復，結果一樣死路一條的自己。因此，詛咒別人時，需要給對方和自己的兩個墓穴。換句話說，欲陷別人於不幸的人，自己一定也會遭到報應。

類似的說法還有「**人を祈らば穴二つ**」（這裡的「祈」指的是祈求他人不幸，也有詛咒的意思）。

詛咒別人的結果，就是把自己也送入墳墓，正符合了「**墓穴を掘る**」（自掘墳墓）這句話。自己親手將自己送上毀滅之途，在佛教中的說法就是「**自業自得**」（自作自受）。

人は落ち目が大事（ひとはおちめがだいじ）

無論自己或他人，落魄時才是關鍵時刻

解說 這是一句用在自己或別人落魄潦倒時的諺語。當自己陷入逆境時，很容易事事朝負面思考，痛苦掙扎。因此，落魄時更要保持冷靜，注意言行舉止，抱著對明日的期待繼續努力。

此外，當看到別人落魄時不可見死不救，此時更該伸出援手或給予鼓勵。這就是這句諺語想表達的意思。

一如**「世の中は相持ち」**（人生在世就要彼此扶持）和**「人は情けの下で立つ」**（人生活在彼此的人情互助之下），我們活在世界上，只有靠著彼此幫助才能活下去。

不過，畢竟不是每個人都會對自己伸出援手。這時有句諺語說**「人の情けは世にある時」**，意思是指別人只有在自己狀況好時才會展現善意，一旦落魄潦倒，只會被周遭放棄。

世間一定有重情義的人

渡（わた）る世間（せけん）に鬼（おに）はない

解說 這句諺語是說，世上並非只有薄情之人，也會有滿懷慈悲，重情重義的人，在我們遇到困難時，一定會有人願意伸出援手。

十八世紀中旬的諺語集《尾張俗諺》中，即可看到**「世（世間・世界）に鬼はない」**的說法，前面再加上「渡る」之後成為了廣泛流傳的諺語。「渡る」指的是世人之間發生的種種，加上這個詞彙後更令人感到「只要在世間拚命努力，遇到困難時一定會有人伸出援手」的意味。

類似的諺語還有**「地獄にも鬼ばかりでない」**、**「浮き世に鬼はない」**、**「捨てる神あれば拾う神あり」**等等。

順帶一提，日本長壽電視劇「渡る世間は鬼ば

かり」（冷暖人間）的劇名，就是從這句諺語來的。大概有不少人以為這也是諺語吧。

再溫和的人被〇〇三次也會生氣

仏の顔も三度

解說 即使是再溫和慈悲的人，遭到無禮對待三次也會生氣。

一次兩次或許還能原諒，第三次就忍不住生氣了。受到多次侮辱，想對一再給自己造成困擾的人提出警告時，就可以說「仏の顔も三度」，表示下次再這樣就不會原諒。

這句通俗諺語家喻戶曉，不過，其實它是省略而成的句子。各位知道原句是什麼嗎？

原本的句子是「**仏の顔も三度撫ずれば腹立つ**」，意指即使是溫和的佛菩薩，被人摸了三次臉也會生氣。

類似的說法有「**仏の顔も三度まで**」、「**仏の顔も三度ながむれば腹が立つ**」、「**地蔵の顔も三度**」、「**兎も七日なぶれば嚙み付く**」、「**兎も三年なぶりゃ食いつく**」。

西方俗諺「**鍋子若裝得太滿就會溢出來**」也是同樣的意思。

高人一等或愛強出頭就會……

出る杭は打たれる

解說 打整排的木樁時，會針對特別突出的木樁打，直到與其他木樁等高為止。這句諺語是比喻才能過人，頭角崢嶸的人特別容易遭人嫉妒或受到阻礙。此外，愛強出頭的人也比較容易受到別人質疑或箝制。類似的諺語有「**差し出る杭は打たれる**」、「**出る釘は打たれる**」、「**高木は風**

に折る」。

無論任何時代，才華出眾的人一定會受到嫉妒或被扯後腿，也有人說「出る杭は打たれるものだが、出すぎた杭は打たれない」、「打てなくなるまで出てやる」。意思是說，雖然表現比別人突出時容易遭嫉妒或受打擊，只要能力夠突出，堅持不與周遭妥協，就能擁有一席之地。西洋諺語也說**「名聲帶來嫉妒」**、**「樹大招風」**。

附帶一提，根據文化廳所做的國語調查，詢問「表現比別人好的人容易受到箝制」的諺語是（A）「出る杭は打たれる」還是（B）「出る釘は打たれる」時，回答（A）的有百分之七十三，按照不同年齡層分別調查的結果，六十歲以上的人選（A）的只有百分之六十二點五，是所有世代中最低的，且六十歲以上的人選（B）的有百分之二十七點六，也是所有世代中最高的。

人(ひと)を使(つか)うは使(つか)わるる

使喚人等於被使喚

解說　使喚別人雖然輕鬆，但必須先做好使喚他人的準備，需要注意各種細節，其實也有辛苦的地方，倒像反過來被人使喚了。類似諺語有**「人を使うは苦を使う」**、**「使う者は使われる」**、**「奉行人に使われる」**。

尤其任職中間主管的人，總是會被上司說**「頭が動かねば尾が動かぬ」**（帶頭的人不先動，下面的人不會跟著動），對上對下都受到使喚。

西洋諺語也說**「主人同時也是僕人」**。

做了失禮的事就難再登門拜訪

敷居が高い

解說 「敷居」是「門檻」的意思。這句諺語形容的是當人們因為沒有好好向關照自己的人道謝，給人添了麻煩，或是長時間失去聯絡等原因漸漸感到內疚，想到要登門拜訪得克服的心理障礙就如同得跨過極高的門檻才進的了屋般的辛苦難受。

話說回來，這句諺語最近也被用在其他地方。根據文化廳所做的國語調查，有百分之四十五點六的人認為這句話的意思是「因為（店家等）太高級或太昂貴而進不去」，只有百分之四十二點一的人以原本的意思「做了失禮的事而難以登門拜訪」使用這句諺語。其中，十歲到三十歲世代的人中，有超過百分之七十的人使用這句諺語時，指的是「那家店太高級，難以登門消費」。

順帶一提，目前《廣辭苑》中除了原本「做了失禮的事而難以登門拜訪」的意思外，也已加上「因為太高級或昂貴而無法進入店家消費」的解釋。

心情・態度

怒りは敵と思え

憤怒是能毀滅自己的敵人

解說 對別人抱持憤怒感情時，對方也會對自己懷抱憤怒或怨恨，如此一來等於樹立了新的敵人。憤怒時自己還會失去冷靜的判斷力，做出錯誤決策導致失敗。因此，憤怒就是造成自我毀滅的敵人，這句諺語是要人盡可能收斂怒氣。

這句話是德川家康的遺訓之一。稱霸戰國時代一統天下的德川家康，或許從織田信長及豐臣秀吉身上看到憤怒情感如何導致自身的毀滅，從而有了這樣的體悟。

此外，家康也引用《論語》和《老子》中的句子修身養性。

一朝の怒りにその身を忘る（出自論語）

若因一時的怒氣而忘我，便會招來己身的毀滅。另一種說法是「**一朝の怒りに一生の過つ**」。

善く戦う者は怒らず、善く勝つ者は争わず（出自老子）

善於作戰的人不會輕易動怒，會在戰爭中獲勝的是不爭執小事的人。

西方也有諺語說「**憤怒與安心是仇敵**」。此外，日本還有一句諺語說「**短気は損気**」，指的是一時衝動發怒只會造成自己的損失。

怒氣爆發時

堪忍袋の緒が切れる

解說 「堪忍袋」是「用來裝忍耐的袋子」，也就是容忍的程度。「緒」指的是帶子，比喻不斷壓抑怒氣忍耐到最後，綁住堪忍袋的帶子都綳斷了，怒氣一口氣爆發。

這種諺語想強調的是忍耐的重要，類似諺語還有許多。

附帶一提，「堪忍」有壓抑憤怒，容忍別人的過失，熬過痛苦境遇或困難的意思。

堪忍五両、思案十両

強調默默忍受怒氣，深思熟慮後才行動的價值。

堪忍は一生の宝

願意承受痛苦，忍受並原諒他人，這樣的性情能為一生帶來無可計量的好處。此外，「忍耐」也是值得自己守護一生的寶物。

ならぬ堪忍、するが堪忍

只有忍人所不能忍，才是真正的忍耐。

伸手不打笑臉人

怒れる拳笑顔に当たらず

解說 憤怒之際高舉拳頭時，一旦對方以笑容相待，怒氣就會受到化解，這一拳也打不下去了。面對憤怒時態度強硬的人，用溫和沉穩的態度對待最有效。

這是來自中國的諺語，鎌倉時代《源平盛衰記》中也可看見類似的詞句。**「笑顔に当てる拳はない」**（揮拳不打笑臉人）、**「笑う顔に矢立**

たず」（箭矢不射向笑臉人）。

日本也有這樣的諺語。

茶碗を投げれば綿にて抱えよ（受けよ）

當憤怒的人把碗丟過來時，用柔軟的棉花去承接，碗就不會打破。意思是當對方態度強硬時，自己不可隨著發火，只要冷靜就有勝算。

說到丟碗就讓人聯想到夫妻吵架，這句諺語確實也能應用在夫妻吵架上。

腹(はら)が立(た)つなら親(おや)を思(おも)い出(だ)せ

想起父母，怒氣就能平息

解說 氣到忍不住時，請先想想父母，想想萬一自己做出什麼事父母會有多擔心，怒氣自然會平息下來，也就能避免與人發生爭端。類似說法有**「腹が立つなら親を思い出すが薬」**。

西洋也有**「生氣時數到十，非常生氣就數到一百」**的諺語，或許是因為數到一百之後就忘記自己為何生氣了吧。

對了，為何日語會用「腹が立つ」來表示生氣呢。日語中還有「腹の中」、**「腹に一物」**、「腹黒」等詞彙，似乎認為人的想法和情緒是放在「肚子裡」的。「立つ」形容情緒激動的狀態，「腹が立つ」指的便是腹中情緒激昂的意思。要注意的是，將原本讀音「はらがたつ」寫成漢字，以音讀方式發音的「腹立」乃是和製漢語，將「腹立」寫給中文為母語的人看，對方也不會明白是什麼意思喔。

順帶一提，「腹の虫がおさまらない」、「虫の居所が悪い」中提到的「虫」，就是用蟲子來比喻內心的想法或情緒。就像認為空腹時肚子咕嚕叫是肚子裡的蟲發出的聲音一樣。

後悔先に立たず

已經發生的事後悔也沒用

解說 已經結束的事，事後才想「早知道就那麼做」或「如果能這麼做就好」，像這樣後悔也於事無補。因此，為了不在事情發生後才悔不當初，事前就該充分的注意。原本是這樣的一句諺語，只是現在大多用來表示失敗後無可挽回時的反省心情。

鎌倉時代的《日蓮遺文》及佛教故事集《沙石集》中都可看到這句諺語。更早一點的《今昔物語》中也有「後の悔前に立たずといふ譬にてぞ有ける」，類似說法有**「後の悔い先に立たず」**。

前人也有**「後悔先に立たず、提灯持ち後に立たず」**（後悔不會站在前面，提燈的不會站在後面）、**「後悔と槍持ちは先に立たず」**（後悔與提槍的不會站在前面）（「槍持ち」指的是為主人提槍的侍從）等生動的比喻（譯註：先に立たず意為「不會站在前面」，引申為「不會先發生」）。

西方則有**「後悔總是來得太遲」**的說法。

君子は豹変す

君子當場認錯，洗心革面

解說 「豹變」原本指的是豹隨季節掉毛換新，身上斑紋變得更美麗或更清楚的意思。這句諺語是說，君子在察覺自己犯錯時會當場改過，洗心革面。此外，這句諺語也有「因應時代改變自己」的意思。現在有時也會用這句話來形容身分

地位高的人突然改變態度或思考。

這句諺語來自中國，也可直接說「豹変する」，原本指的是態度或思考朝好的方向轉變，現在則多半指為了自己的利益視狀況改變態度或主張，反而常用在朝壞的方向轉變時。

西洋諺語說**「聰明人會改變想法，笨蛋則絕對不會改變」**。

順便一提，雖然不是諺語，但各位認為「姑息な手段」的正確意思是什麼呢？

「姑息」的「姑」是暫時的意思，「息」則是休息，原本的意思是指暫時敷衍過去或只要當場過得去就好的意思。不過，現代人在使用這個字時，多半指的是「卑劣的手段」。根據文化廳的國語調查，約有七成的人這麼認為。或許是這個緣故，廣辭苑為「姑息」加上了「一般來說，也有卑劣的意思」的說明。

語言詞彙的定義大概會隨著時代不斷改變吧。
像我就無法理解「普通好吃」是什麼意思。

言詞

言詞是彼此傳遞情感或交換想法的重要工具。不過，若不能好好使用，有時也會傷害對方。讓我們一起從諺語中學習如何妥善運用言詞吧。

從言詞看個性

言葉は心の使い

內心的想法會自然化為言詞

解說 言詞是傳達內心想法的使者。心中所想的事，會自然化為言語表達。另外也有**「口は心の門」**的說法，因為心裡想的事很容易脫口而出，這句諺語也有勸戒人謹言慎行的意思。

詞はそれ心のつかひなるがゆゑに、詞おろそか
なれば心もおろそかにきこゆ

（正因為言語是心的使者，粗俗的言語會讓心聽起來也粗俗。）

這段文字出於鎌倉時代關於和歌理論與評論的書《野守鏡》。

「心内に動けば詞外に現れる」。這句話也有一樣的意思，來自中國最古老的詩集《詩經》，同樣的話在日本南北朝時代戰爭題材的書籍《太平記》中也可讀到。

つくづくと思ひ暮らして入逢の
鐘を聞くにも君ぞ恋しき

情は中に動けば、言外に呈る

（聽到向晚時分的鐘聲時，感慨地思念起你，內心的想法自然化為言語表達。）

許多諺語提醒了我們，言語詞彙是傳達自己思考與情感的重要工具，從每個人遣詞用字的方式也能看出不同的人品與個性。

言詞直接傳達出每個人的人品與個性

言葉は身の文

解說 日語中的「文」，指的是出現在物品表面的圖樣（紋路），這句話的意思是言語能直接表現出說話者內心的模樣與人格、品行。因此，只要聽對方說的話或看他寫的文章就能得知對方是什麼樣的人。類似的諺語有**「言葉は立ち居を表す」**（「立ち居」指的是日常動作）。

這句話出自《春秋左氏傳》（中國史書《春秋》的註解書），鎌倉初期學者菅原為長編纂的《管蠡抄》中也看得到這句話，是日本自古至今常用的諺語。

此外，也有人說**「文は人なり」**，指的是文章體現寫作者的人品，所以只要看文章就能了解一個人的品行。這是知名法國學者在演講時說過的話，翻譯後也在日本流傳。

多話者欠缺品格

言葉多きは品少なし

解說 話多的人欠缺品格，太過輕浮而威嚴不足。愈是輕浮的人話愈多。這句諺語旨在告誡人們應謹言慎行。

這句話出自鎌倉末期到江戶時代私塾使用的教科書《童子教》，可見日本人從小就教導孩子男人當少話以保威嚴，女人也不該多嘴以示端莊。

順帶一提，根據幾年前NHK電視台的調查，約莫只有三成日本人熟知這句諺語，導致如此的原因可能有很多，我認為其中之一應該是學校不再像古時一樣教育學童這些事了吧。

言語傷人

知る者は言わず言う者は知らず

對事物有深入理解的人不會說多餘的話

解說　對事物有深入理解的人往往不會評論太多，愈是管不住嘴巴的人愈無知。類似諺語有**「知者は言わず」**、**「喋る者に知る者なし」**。

這句諺語出自《老子》，也可以這麼說：

大弁は訥なるが如し

「大弁」指的是雄辯之舌，「訥」指的是不善言詞，整句意思是優秀的辯論家不說多餘的話，反而使自己看來不善言詞。

知識不足的人只會翻來覆去賣弄僅有知識，反而是深入理解知識的人說話簡單扼要。

西洋諺語說**「話愈少的人知識愈豐富」**、**「聰明人的嘴在心裡，愚蠢的人心在嘴上」**、**「笨蛋動不動就開口，一眼就認得出」**。

口は禍の門

未經深思的話語傷己也傷人

解說　不小心說出口的話可能導致意想不到的災禍，說話前要先三思。類似諺語有**「口は禍の元」**、**「禍は口から」**。

這句諺語來自中國，也可以說**「口は禍の門、舌は禍の根」**，鎌倉時代的兒童教科書《童子教》中已可看到這個句子。鎌倉初期學者菅原為長編纂的《十訓抄》中也有這句話，是日本自古以來常用的俗諺。

這本《十訓抄》中還收錄了奈良時代僧人行基留給弟子的遺言：

口は虎の身を破る、舌の剣は命を断つ口をして鼻の如くにすれば、後あやまつ事なし

（未經深思的話語如猛虎傷人，不經意說出口的話如劍般要人命，最好把嘴巴當作不會說話的鼻子，才不會說出多餘的話而毀滅自己。）

以下是幾句意思相同，皆可單獨使用的諺語。

舌は禍の根

話語有時也會招來災禍。「舌禍」指的是自己說的話引起別人憤怒，導致自己招來災禍，或是中傷毀謗他人為自己帶來的災禍。

口の虎は身を破る

「破る」也寫成「食む」，意指未加思索脫口而出的話帶有吞噬自身的危險性。「**口の虎**」用來比喻不經深思說出口的話可能帶來災禍，如猛虎般可怕。

舌の剣は命を絶つ

未經深思的話語有時甚至會帶來殺身之禍。此外，輕率的發言可能傷人，也可能造成剝奪別人生命的災禍。「**舌の剣**」意指言語像劍一般鋒利，比喻諷刺或帶有惡意的話語如劍一般傷人。類似的說法還有「**舌の剣は鋭い**」。

口をして鼻の如くにす

視口如鼻。這句話用意在提醒人不要說多餘的話，應謹言慎行。

此外，還有許多表示言語或招來禍端的諺語。

口は人を傷るの斧、言は身を割く刀

言語不只是一把傷人的斧頭，有時也是毀滅自己的刀。

多言は身を害す

若是太多話，恐怕會把不該說的話也說出口，結果招來災禍。

三寸の舌に五尺の身を滅ぼす

僅有三寸（約九公分）的舌頭卻會毀滅五尺（約一百五十公分）之軀。多言與失言都會造成自身的毀滅。類似諺語還有**「舌三寸の誤りより身を果たす」**、**「一寸の舌に五尺の身を損ず」**等。

刀の傷は治せるが言葉の傷は治せない

未經深思的發言可能深深傷害人心，造成難以彌補的傷害。

病は口より入り禍は口より出ず

病從口入、禍從口出。就像對飲食不夠小心可能招來疾病，對言語不夠小心就會遭來災厄。江戶時代儒學家兼本草家貝原益軒在醫書《養生訓》中就提到過這句話，後續還接著另一句「口の出し入れ常に慎むべし」。

口から生まれて口で果てる

經常不加思索就脫口而出的人，恐將因自己說的話而招來毀滅己身的災禍。

口から高野

只是不小心說錯話，就必須剃光頭進高野山修行。

蛙は口ゆえに蛇に呑まるる

青蛙因為叫聲太大，被蛇發現藏身之處，招來殺身之禍。

西洋也有類似的諺語如**「說出口的話經常帶來嚴重的不幸」**、**「沒有比毒舌更毒的東西」**、**「言語如一把鋒利的劍」**。

每次看到政治家失言的新聞時，我都心想，他

們難道沒聽過這些諺語嗎？

言わぬは言うにまさる

沉默也能傳達心意，防止禍從口出

解說 比起開口說話，有時什麼都不說反而更能強烈表現內心的想法。換句話說，沉默能傳達的有時比言語更多。這句話從平安時代流傳至今，在和歌或《源氏物語》中都曾看見。

另外，沉默有時也能保護自己的安全。這意思是說，保持沉默才不會招來不必要的災禍，也不會傷害別人。

還有一句「**言わぬが花**」，意思是不要把話說清楚反而更有意趣，話說得太明就沒意思了。這句話的另一個意思則是，什麼都挑明了說會造成困擾，有些話還是不要說出口比較好。

西洋諺語「**沉默是金、雄辯是銀**」在日本也是經常用到的諺語。

言いたいことは明日言え

有話想說時，仔細思考後再開口

解說 就算有想說的話也不要當場說出口，最好謹慎思考後再開口。如果當場就把心中的想法直接說出口，有時會造成失言或傷害對方的後果，不如仔細思考一個晚上，思考過後還是想說的話，隔天再說。類似的諺語有「**腹の立つ事は明日言え**」，愈是生氣的事，愈該暫時冷靜下來，仔細思考一個晚上後，隔天再說也不遲。

發現西洋諺語也說「**今天思考，明天說**」、「**說之前思考第二次**」時，我感到有些意外。原本以為西方人說話直來直往，或許前人也曾有過許多因失言而失敗或後悔的經驗吧。

想說的話不說出口就不痛快
思（おも）うこと言（い）わぬは腹（はら）ふくる

解說 想說的話沒說出口，尤其是想對別人說的話沒能說出口時，心情就像吃太飽肚子脹氣一樣不舒服，內心有所不滿。

這句話出自吉田兼好的《徒然草》。

おぼしき事言はぬは腹ふくるるわざなれば、筆に任せつつあぢきなきすさびにて、かつ破り捨つべきものなれば、人の見るべきにもあらず

（想說的話沒說出口就像腹脹一般不舒服，乾脆順勢拿筆寫下，聊表慰藉。本該是寫好就撕毀丟棄的東西，沒有展示給人看的價值。）

這句諺語的意思並不是勸戒人們深思之後再開口。只是兼好法師認為感受到或內心想到的事如果沒說出口心情就不痛快，於是順勢拿筆寫在紙上。

有時，有些話說出口會造成別人的不愉快，或是給別人帶來困擾，這種時候不妨拿筆寫在紙上，說不定就能提醒自己那不是應該說出口的話了。

說話方式沒有拿捏好也會傷人
物（もの）も言（い）いようで角（かど）が立（た）つ

解說 「物も言いよう」的意思是同一件事因為說話方式的不同，聽在別人耳中也可能有好壞之分。「角が立つ」則是與人產生齟齬。整句的意思是，即使說的是同一件事，選擇的詞彙不同，

說話的方式不同，都有可能令對方不愉快或激怒對方，因此，說話時必須充分注意自己的表達方式。

這句話的後續是**「丸い卵も切りようで四角」**。意思是，就連圓形的蛋也可能因為切法不同而變成四方形，無論是說話方式還是待人處事的方法，不同的表達方式可能導致圓滿或衝突的後果。

西方諺語說**「比起說什麼，怎麼說更重要」**，確實很有道理。

順帶一提，使用詞彙或選擇說話方式時，我們會說「遣詞用句」（言葉遣い），這裡的「遣」指的是操縱自如、巧妙運用的意思。

祕密

話一說出口就等於向全世界宣佈

口（くち）より出（だ）せば世間（せけん）

解說 一旦話說出口，就等於是向全世界宣佈。本該保持祕密的事，只要稍微透露給別人，瞬間就會傳遍世間。類似諺語還有**「口から出れば世間」**。

以下列舉幾個類似的諺語。

人の口に戸は立てられない

講起別人閒話或批判世間的話時，話匣子一打開就停不下來。

三人知れば世界中

三個人在一起說的話，很快就會傳遍全世界。

三人知れば公界

這裡的「公界」指的是公開場合，意思是，只要有三個人聚集就算公開場合。

始めの囁き後のどよめき

起初只有兩、三人私下講的悄悄話，之後也會引來一大群人的意見。

即使告訴對方「我只跟你說」，若對方也「只跟另外一個人說」，很快地這件事就會一傳十、十傳百，變成人盡皆知的話題。

西洋諺語有**「兩個人之間說的是神的祕密，三個人之間說的是公然的祕密」**、**「話在你嘴裡時屬於你，但是只要說出口就會變成別人的東西」**，都是形容得很巧妙的諺語。

秘密就從這裡洩漏出去

壁に耳あり（かべ、みみ）

解說 就算打算悄悄說，也不知道是否有人在哪偷聽，祕密其實是很容易洩漏的東西。

這句「隔牆有耳」後面多半會再接一句**「障子に目あり」**（紙門有眼）。

「壁に耳あり」（隔牆有耳）在《平家物語》中已出現，同時代的兒童教科書《童子教》裡也有提到**「人の耳は壁に付き、人の眼は天をかける」**（人的耳朵總是貼在牆壁上聽，人的眼睛總在天上看）。

除了《平家物語》，這句諺語也以各種方式出現在其他作品中。

耳は壁に付く／耳は壁を伝う

壁に耳、石に口／壁に耳、天に口

壁に耳、垣に目／後ろに目、壁に耳

壁に耳、徳利に口

壁の物言う世／石の物言う世

昼には目あり夜には耳あり（白天到處都難迴避別人的目光，晚上到處都要小心別人偷聽。）

「昼には目あり夜には耳あり」出自明治時代的西洋諺語集，算是較新的諺語。不過到了現代，不分晝夜都有相機取代他人目光，也有隱藏麥克風代替偷聽的耳朵了。

西洋諺語也有**「牆上有耳」**的說法，世界各地大概都有類似諺語。

謊言

謊言轉眼傳遍天下

一人虚を伝うれば万人実を伝う

解說 當一個人說謊時，只要聽到的人沒有經過求證就信以為真，謊言將瞬間傳遍天下。

在室町時代的國語辭典《文明本節用集》及《天草版金句集》中都能看到這句話。下面的諺語含有相同意思，使用的比喻也很有趣。

一犬影に吠ゆれば百犬声に吠ゆ

意思是，只要一隻狗看到影子或因為任何原因吠叫，附近的眾多犬隻就會跟著牠的聲音一同吠叫。也可以說**「一犬虚を吠ゆれば万犬実を伝う」**。

現在這個時代社群網站發達，無論事實或謊言都是轉眼傳遍天下。

有時說謊有其必要
嘘(うそ)も方便(ほうべん)

解說 為了讓事情順利運作，有時不得不說謊。

一般來說，這句話都用在幫助事態朝良好方向轉變時的善意謊言，不是用來為自己的利益找藉口說謊的諺語。

這句諺語雖然很常聽見，各位知道這裡的「方便」是什麼意思嗎。方便的原意是佛教用語，意指為了引導眾生（所有擁有人心的存在，也就是眾人）進入頓悟境界，或是為了達到某種目的而使用的適當做法。

類似的還有一句諺語**「嘘をつかねば仏になれぬ」**（佛陀為了拯救眾生也會因應狀況說謊，為了助人而說的謊值得原諒）。

「嘘も方便」原本是指幫助別人時，必須用謊言當作一種手段，這種時候說的謊應該獲得原諒。

傳聞

背後說人閒話，總有不思議的力量將當事人引來

噂（うわさ）をすれば影（かげ）がさす

解說 類似中文的「說曹操、曹操就到」。背著別人說起什麼時，不可思議的是當事人往往就會出現。這句諺語有時也省略成**「噂をすれば影」**，或是以含混的語氣說**「噂をすればなんとやら」**，類似的說法是**「謗れば影さす」**。

當事人的出現雖是百分之百的巧合，以前的人似乎真的相信只要背後說人閒話，當時人就會在一股不可思議的力量驅使下現身。西方的諺語也說**「提起惡魔時，惡魔就會出現」**。

如果背後說閒話當事人就會出現，想找對方時說點閒話就能將對方召喚來了吧。在這樣的思維下產生的諺語就是**「呼ぶより謗れ」**。

講別人閒話時要先幫對方準備一張椅子

人事言（ひとごとい）わば筵（むしろ）敷け

解說 因為講別人閒話時對方可能會出現，所以要先幫當事人準備好一張椅子才能開始說。這裡的「筵」指的是用稻草編成的座墊，引申為坐的地方、筵席場合等等。

也有人說這句諺語是從**「人事言わば目代置け」**演變來的。「目代」指的是監視、把風的人。整句的意思是，要說別人閒話時，得先安排一個把風的人（以免當事人出現）。

金錢

在我們的生活中，
金錢是不可或缺的東西。
然而水能載舟亦能覆舟，
視運用方式的不同，
金錢可能帶來幸福也可能帶來不幸。
先人根據經驗留下許多
與金錢相關的諺語。

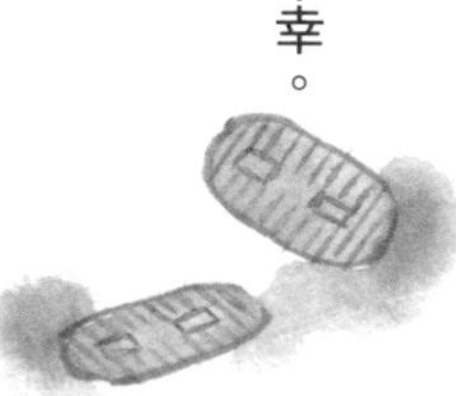

金錢的力量

人間万事金の世の中

金錢支配世界

解說 世界上的一切都受金錢支配，沒有不能用金錢解決的事，人們為了錢孜孜矻矻工作。這句諺語也可簡稱**「金の世の中」**。

看報紙或電視新聞時，總覺得不只政治和經濟，任何事都脫離不了金錢，世界上的一切都以金錢為中心轉動。

西洋正好就有句諺語說**「金錢能轉動世界（地球）」**。

此外，形容世上有錢就能隨心所欲的諺語叫**「金が物を言う」**，西方也有一樣的諺語「Money talks（speaks）」。

地獄の沙汰も金次第

在地獄仍是有錢人說了算

解說 這裡的「沙汰」指的是審判、決定。這句諺語的意思是，地獄的閻羅王判定死者罪名時，拿得出錢的人就能換來有利的判決，與中文「有錢能使鬼推磨」類似。

古時候，宛如世間地獄的牢獄也是如此。囚犯靠賄賂獄卒或拿錢給「牢名主」（典獄長）就能換來較好的待遇。

類似的諺語還有下面這些：

地獄の沙汰も銭がする／仏の沙汰も金次第
冥土の道も金次第／成るも成らぬも金次第

阿彌陀佛的保佑也看錢決定

阿弥陀(あみだ)の光(ひかり)も金次第(かねしだい)

解說 阿彌陀如來的保佑也看捐獻或香油錢的多寡決定。意指金錢力量大。

類似的諺語還有以下幾句：

阿弥陀も銭で光る／銭は阿弥陀ほど光る
金の光は阿弥陀ほど／仏の光も金次第

順帶一提，**「仏（阿弥陀）の光より金の光」**則是指比起佛陀的教誨或保佑，人們更容易受金錢吸引，對人們來說金錢勝過一切。

再冷漠的人也會被金錢打動

銭(ぜに)あれば木仏(きぶつ)も面(つら)を返(かえ)す

解說 只要有錢，就連不帶感情的木雕佛像也會轉頭。意指面對再冷漠的人，只要有錢就能打動對方，沒有人抵擋得了金錢的威力。類似諺語有**「銭ある時は石仏も頭を返す」**（只要有錢，石佛也會回頭）。

除此之外，**「銭あれば木仏も面を和らぐ」**也是很有趣的諺語。意思是，連「木仏」（木佛）這樣沒有感情，無論何時表情都不為所動的人，在看到金錢時態度也會變得溫和。錢財當前時，應該很少人會「仏頂面」（板著一張臉）吧。

男女之情也由金錢決定

出雲の神より恵比寿の紙

解說 「出雲の神」指的是出雲地方保佑姻緣的神明，「恵比寿の紙」指的是明治時代背面畫有恵比壽圖案的紙幣。日語中「神」與「紙」同音，在此是個雙關語，表示男女姻緣與其求神保佑不如靠金錢力量。比起愛情，金錢更能維繫男女關係。這句諺語同時也有「麵包比愛情更重要」的意思。

附帶一提，古代恵比壽神原是保佑豐收的神明，後來成為七福神之一，深受日本人信仰，被視為保佑生意興隆，帶來好運福氣的神明，到了明治時代還被畫在紙鈔上。

只要有錢，所向無敵

金さえあれば飛ぶ鳥も落ちる

解說 這句諺語直譯的意思是「只要有錢，連天上飛的鳥都會掉下來」，形容任何權力或威力都不敵金錢的力量，在這個世上只要有錢沒有辦不到的事。類似諺語有**「金さえあれば天下に敵なし」**（只要有錢，天下無敵）。

此外，**「飛ぶ鳥も落ちる」**、**「飛ぶ鳥を落す勢い」**也是形容權勢強大的諺語，自古以來就廣受使用，最早可在鎌倉時代描寫戰爭的作品《平治物語》中看到「飛ぶ鳥も落ち、草木もなびくばかりなり」（飛鳥落，草木偃）的句子。

金錢也會讓人說出這樣的話

金が言わせる旦那

解說 這句諺語指的是，有些人被人捧著稱「老爺」，不是因為人品好，只不過是因為有錢。同樣的意思也可以說**「金さえあれば行く先で旦那」**、**「金が言わする追従」**（「追従」有拍馬屁的意思）、**「知らぬ道も銭が教える」**。

以下列舉幾個類似的諺語：

金の光は七光／金の光で馬鹿も利口に見える

金があれば馬鹿も利口（旦那）／銭は馬鹿かくし

「旦那」（老爺）是做生意的人對男性常客或有錢、有身分地位的客人的敬稱，就算不符合上述條件，為了討客人歡心也會稱對方「旦那」。以現代來說，或許就是稱呼人「×董」吧。

受到如此逢迎諂媚的下場，又有另外一句諺語可以形容：

旦那と言われて銭が減る

意思是，被人「老爺、老爺」地拍了馬屁，不知不覺就花掉了太多錢。

用錢封口
金轡（かなぐつわ）を食（は）ます

解說 「金轡」就是馬銜，放置在馬嘴中用來與韁繩連結的用具。用來引申不讓人開口說話，也就是用金錢封口之意。也有用金錢賄賂，要求對方保密的意思。和**「金の轡を頰張らす」**同義。

同時，金轡也有封口費、賄賂金的意思。**「金轡の網を張る」**指的就是用金錢打點他人，使對方按照自己的意思行動。

用錢讓別人閉嘴

金で面を張る

解說 拿出金錢炫耀，企圖用錢讓人閉嘴或服從自己，用錢籠絡對方。

「面を張る」就是甩巴掌、打臉頰的意思。以前的電影或電視劇中，經常可見名符其實拿出鈔票在對方面前甩，甚至用鈔票拍打對方臉頰的場景。江戶時代最有價值的貨幣是「小判」，因此也有「**小判で面を張る**」的說法。

錢能救命，也能奪命

金は命の親、命の敵

解說 金錢有時能發揮救命的作用，沒錢時也可能因此喪命，當然也有因為金錢糾紛而喪生的事情。這句諺語想表達的是錢能救命，也能奪命。

雖然從以前就有這樣的事，總覺得現代更多因為金錢問題而失去生命的事件。

金錢是可憎的敵人

金が敵

解說 人會為了金錢煩惱痛苦，有時甚至毀掉自己。這句諺語就是想指出金錢是會使人陷入痛苦煩惱的敵人。類似諺語還有「**金が敵の世の中**」、「**金が恨みの世の中**」。

這句諺語還有另外一個意思，之後會再介紹（請參照111頁）。

錢在哪裡

錢在世間流動
金は天下の回り物

解說 錢不會停留在同一個地方，而是從一個人手中轉到下一個人手中，不斷流動於世間，最後也可能轉回自己手裡。這句諺語是要鼓勵人不必因一時的貧窮而失志。類似諺語有「**金は天下の回り持ち**」、「**金は浮き物**」。

林芙美子的小說《放浪記》中有這麼一段。

金は天下の回り物だっていうけど、私は働いても働いても働いても回ってこない

（俗話說錢在世間流動，可我再怎麼努力工作，錢也不會流到我手中。）

讀了這個，我想起石川啄木的歌：

はたらけど
はたらけど猶わが生活楽にならざり
ぢっと手を見る

（無論怎麼勤奮工作，生活依然不輕鬆，我默默盯著自己的手。）

錢有時也會自己冒出來
金は湧き物

解說 錢這種東西，運氣來時也會意想不到地冒出來，落入自己口袋。這句諺語的用意是鼓勵沒

錢時也不需要太擔心。類似諺語還有「**金と水は世界の湧き物**」、「**金と虱は湧き物**」。

不過，下一句諺語又告訴我們，錢不會從窮人的口袋裡冒出來，只會出現在有錢人的口袋。

以錢滾錢
金が金を呼ぶ

解說 這句諺語是指手頭有錢的人利用這筆錢創造新的利益，賺進更多錢，也就是以錢滾錢。類似諺語還有「**金が金を溜める**」、「**金が金を儲かる**」。

還有一句諺語說「金が子を生む」。這裡的「子」指的是利息，把錢借給別人或存起來可增加利息，就像是以錢生錢。話雖如此，現在的利息已經沒有以前那麼多了。

錢只會聚集在原本就有錢的地方，不會往沒錢的地方聚集
金は片行き

解說 「片行き」指的是只朝單一方向聚集，這句諺語的意思是說，錢只會不斷朝原本就有錢的人手上聚集，不會跑向沒有錢的人手中。

遺憾的是，應該很少人能反駁這句話。我想，大喊「就是這樣沒錯！」的人一定比較多。

附帶一提，還有一句諺語是「**金と子どもは片回り**」，意指錢和小孩一樣，都不是想要就會有的東西。

好不容易到手的錢馬上就消失的原因

錢(ぜに)は足(あし)なくして走(はし)る

解說 錢雖然沒有真的長腳，卻像長了腳似的從一個人手中跑向另一個人手中。這句諺語比喻的是錢一轉眼就消失。

明明希望錢可以好好待在自己身邊一段時間，小老百姓的錢卻像討厭自己似的馬上就跑到別人手中。

這句諺語來自中國《錢神論》中的「無翼而飛，無足而走」，西方也有諺語說**「錢是圓的，會滾動離開」**。

順便一提，日語也用「お足が足りない」來表示「錢不夠」。這裡的「お足」（腳）出自女房詞（古代宮女使用的隱語），有一種說法認為其由來正是「錢會長腳」。

怎麼樣就是遇不到錢

金(かね)が敵(かたき)

解說 就像遍尋不著仇敵一樣，要遇到錢也不是一件容易的事。

這句諺語和108頁的「金錢是可憎的敵人」字面相同但意思不同，所以分開來介紹。

錢雖然會在世上流通，卻像長了腳一樣四處逃，或是只往單一方向聚集，想要遇到錢可能也得靠一點運氣。

有錢人

金持ち金使わず

有錢人不會亂花錢

解說　有錢人不會隨便浪費錢。此外，因為連一點小支出都不捨得，看在沒錢人眼中甚至堪稱吝嗇。正因為有錢人這麼不愛花錢，所以才會成為有錢人。

以下介紹幾種同為「擁有但不使用」的諺語。

槍持ち槍を使わず

手持長槍的人是帶著主人長槍的家僕，只負責拿，不負責用。

弁当持ち弁当使わず／弁当持ち先へ食わず

送便當的人自己不會吃便當／送便當的人不會比主人先吃便當。

上述三者合起來就成了**「金持ち槍持ち弁当持ち」**。

相反地，也有諺語形容愈是沒有錢的人愈愛亂花錢，那就是**「金なき者は金を使う」**，因為手頭沒有多餘的閒錢，總是貪小便宜或用錢毫無計畫，到最後還是浪費了錢。這種時候也可以說**「なけなしの無駄使い」**。「なけなし」是「只有一點」的意思。

金持ち喧嘩せず

有錢人不會為無聊小事與人爭執

解說 有錢人深知與人爭執只有損失沒有好處，所以不會為了無聊的小事與人起爭執。另一個意思是，既得利益者為了不失去現有的立場，會盡量迴避與人起爭執。

人只要不缺錢，心就會比較寬大，大概也就不會計較小事了。

西洋諺語說**「訴訟太花錢，還是和解吧」**，訴訟確實勞心勞力又浪費時間金錢，難怪會有這種想法。

有錢人都黑心？

金持(かねも)ちと灰吹(はいふ)きは溜(た)まるほど汚(きたな)い

解說 「灰吹き」是古時菸草盆旁附的竹筒，用來撢落菸灰或菸殼。灰吹き裡累積了愈多菸灰及菸殼就愈髒，用來比喻有錢人手上錢愈多愈貪婪黑心。

類似的諺語有很多。有錢人裡確實有為了錢不擇手段的守財奴，但沒錢的人或許也會為了一點小錢做出黑心卑劣的事。詆毀有錢人的諺語之所以這麼多，說不定只是出於對有錢人的嫉妒，幾乎都把金錢或有錢人說成骯髒下流的東西。

金を塵は積もるほど汚い／金と痰壷は溜まるほど汚い／掃き溜めと金持ちは溜まるほど汚い／溜まるほど汚いのは金と芥。

西洋的類似諺語是**「金錢如糞土」**。

有錢人也有窮人不知的辛苦之處

金持(かねも)ち苦労多(くろうおお)し

解說 有錢人也有有錢人的煩惱。有錢之後要擔心被偷或遇上詐欺，為了守住錢財耗費的心神也是窮人無法想像的。

朋友為了錢才找上門或冒出陌生親戚等也是常見的事。

此外，有些人是手上有錢卻無法好好運用，用一句玩笑話形容這種窮人無法理解的煩惱，就是**「下手な将棋で金銀持って苦しむ」**。這句話的意思是，將棋下的不好的人，就算拿到金或銀的棋子也不會用，反而徒增煩惱。就像有了錢卻不懂妥善運用，反倒被錢財捲入麻煩事或引起紛爭，有錢也痛苦。

金持(かねも)ち小銭(こぜに)に困(こま)る

有錢人也會為錢所苦

解說 這句話的意思是說有錢人擁有龐大家財，卻苦於沒有日常生活中使用的零錢。是個有點矛盾的比喻。

換成現在這個時代，頂多只能想到有錢人沒有能投自動販賣機的零錢。但是真要說的話，有錢人根本不會買自動販賣機吧。

如何存錢

一銭を笑う者は一銭に泣く

不可輕視小錢

解說　瞧不起一文錢的人，日後必會為了缺一文錢而哭。這句諺語旨在告誡人們，不管金額再小都不可輕視金錢。類似說法還有「**一円を笑う者は一円に泣く**」。

其實這句話是大正時代日本遞信省（掌管交通與通訊行政事務）的為替儲金局公開招募獎勵儲蓄標語時，獲得二等獎的一句標語，之後才成為家喻戶曉的諺語。查看當時官報可知獲得一等獎的是「貯金は誰も出来る御奉行」（儲蓄是每個人都能為國家做的事），另一句獲得二等獎的標語則是「現金は痩せ貯金は太る」（花錢瘦、儲蓄胖）。獲得一等獎的標語果然很符合公家機關的喜好。

辛抱は金　挽き臼は石

努力工作，忍耐不花錢

解說　「挽き臼」是指將穀物磨成粉的石臼，石臼的金屬軸心叫「心棒」，與日語的「辛抱」發音相近。這句雙關諺語指的是忍住想花錢或想怠惰的心情，努力工作成為有錢人。有時也直接說「**辛抱は金**」或「**石臼でも心棒は金**」。

順帶一提，「辛抱」是堅持忍耐，有耐著性子從事辛苦工作的意思，也可寫成「辛棒」。

類似說法還有**「辛抱の棒が大事」**，這是「辛抱」和車軸的「心棒」的雙關語，強調經常秉持「忍耐軸心」的重要。

提醒自己不要浪費

財布の紐を首に掛けるよりは心に掛けよ

解說 把錢包用繩子掛在脖子上，與其說是為了防止被偷，更重要的是提醒自己不要隨便花錢。

不只錢包不要隨便打開，人的嘴巴最好也不要隨便打開，以免造成不必要的失言。**「口と財布は締めるが得」**這句諺語說的就是將錢包與嘴巴束緊，避免失言或浪費。

凡事只要忍耐，總有一天開花結果

辛抱する木に金がなる

解說 這是將「辛抱する気」（忍耐的毅力）以同音字「辛抱する木」（忍耐的樹）比喻的雙關諺語，意思是無論存錢或辛苦的工作都要有堅持的耐力，最後就會像樹木開花結果一般，得到成功或獲得財富。

附帶一提，日語中的「金になる木」指的是自己不努力就能獲得源源不斷的金錢或利益。和西方的「money tree」有異曲同工之妙。西洋諺語也有「錢不會從樹上掉下來」的說法。

終極之道

金は三欠くにたまる

解說 這句諺語的意思是，想要有錢就得欠缺道義、欠缺人情、欠缺人際關係，不做到這個地步就無法累積財富。過得像個普通人是存不了錢的，得有犧牲重要事物的決心才行。類似的諺語有**「三欠くの法」**、**「金は不浄に集まる」**（「不淨」指的是心不清淨，骯髒齷齪）。

在夏目漱石《我是貓》中找到與此諺語相關的段落。

> 剛才也去問了某個企業家，他說想有錢就得驅使三角術（譯註：日語中「三角」與「三欠」同音）。欠缺道義、欠缺人情、欠缺羞恥心，這就是所謂三角。聽起來很有意思嘛。

「三角術」本來指的是數學中的三角法，這裡應該是指「三欠法」。

最後介紹一個與金錢相關的有趣諺語

それにつけても金(かね)の欲(ほ)しさよ

解說 這句話是以感嘆的語氣說出「話說回來，只要有錢就好了」，原本是連歌（譯註：鎌倉時代傳統詩歌的形式之一）的下半句，據說出自室町時代連歌師山崎宗鑑之手，無論上句吟什麼，下句接上這句似乎都可行。

我也試著吟了一句：

> いつまでもあると思うな親の金
> それにつけても金のほしさよ
> （別以為能一輩子用父母的錢，話說回來，只要有錢就好了。）

在此借用的是諺語**「いつまでもあると思うな親と金」**（別以為能一輩子擁有父母與金錢），

並試著接上剛才的下半句。

花草樹木

日本擁有多采多姿的自然景觀，
自古以來常以花草樹木做為藝術表現的題材，
以俳句、和歌和諺語等形式
展現日本人的自然觀。
其中也暗藏不少值得深思與體會的意義。

百花

打頭陣的花

梅は百花の魁

解說 這句諺語的意思是，每年最早開花，拔得頭籌的正是梅花。此外，當優秀人才輩出時，也用這句話形容其中的先驅人物。

「魁」（さきがけ）也可寫成「先駆け」（さきがけ），指的正是打頭陣策馬入敵營的人。因此，「魁」有開疆拓土者、先驅者及出類拔萃之人的意思。

用開花的順序比喻兄弟

梅は花の兄　菊は花の弟

解說 將年初盛開的梅花比喻為花中的兄長，比大多數花遲開的菊花則比喻為弟弟。

現在季語（譯註：連歌、俳句等日本傳統文學中用來表達特定季節的詞彙）中的「花」指的是櫻花，但是古時指的應是一年中第一個綻放的梅花。直到平安時代後期開始，櫻花才成為春天的代表花。

順帶一提，**「花之兄」**是梅花的別稱，**「花之弟」**是菊花的別稱，**「花之王」**則指的是百花中最優越的花，在日本是櫻花，在中國則是牡丹。

一朵梅花帶來一絲春意

梅一輪一輪ずつの暖かさ

解說 含苞待放的梅花一朵一朵盛開，天氣也一點一點暖和起來，每開一朵梅花就帶來一絲春意。

這句諺語來自松尾芭蕉弟子服部嵐雪的俳句，原句為「梅一輪一輪ほどの暖かさ」。不是「一輪ずつ」而是「一輪ほど」，因此也有「開了一朵梅花，從這僅有的一朵梅花也能感受到一絲暖意」的意思。

梅(うめ)と桜(さくら)

比喻美好的事物同時發生

解說 這是用來比喻美好事物同時發生的諺語。

「**梅と桜を両手に持つ**」指的是同時擁有美好的事物與自己喜好的事物，換句話說，就是「**両手に花**」。此外，也有一些同時列出梅花與櫻花美好之處的諺語：

梅は香りに桜は花

梅花貴在香氣，櫻花則是外表出色。

散るは桜薫るは梅

櫻花散落時姿態高潔，梅花的香氣高貴。

日本人雖喜歡盛開的櫻花，但也同時能欣賞櫻花開始凋零時與花瓣翩翩散落時的美。

另外，站在橋上看落花鋪滿水面的樣子稱為「**花の浮橋**」。從前，我曾看過散落的櫻花花瓣鋪滿整個小池塘水面的景色，真的非常美麗。

現實中無法達成的理想

梅が香を桜の花に匂わせて柳の枝に咲かせたい

解說 這句諺語的意思是「集各種優點於一身」。不過，既要有梅花的香氣，又要有櫻花的外型，還要能開在柳枝上，像這樣集各種植物優點於一身是不可能實現的理想。

這句諺語出自《後拾遺和歌集》，是中原致時的句子。

梅の香を桜の花に匂はせて
柳が枝に　かせてしがな

（「しがな」是「想要」、「希望能夠」的意思。整句的意思為「希望櫻花散發梅香，綻放柳枝頭」。）

奈良的吉野是自古以來的賞櫻勝地

花が見たくば吉野へござれ

解說 要賞櫻就到賞櫻勝地的奈良吉野去。意思是「做任何事都要到最具代表性的地方或發源地」。

吉野山的櫻花被譽為「**一目千本**」，以放眼望去就能看到滿山遍野櫻花的景色聞名，自古以來就常被吟詠入詩歌。例如「**花はみ吉野、人は武士**」（櫻花中最美的是吉野山的櫻花，人中之龍則是武士）（「み吉野」是對吉野的美稱）。

世事轉變之快，如轉眼散落的櫻花

世の中は三日見ぬ間の桜かな

解說 櫻花三天不見就掉光了，用來比喻世事多

變。也可說**「三日見ぬ間の桜」**。

這句諺語出自江戶時代俳人大島蓼太的俳句，原本是吟詠櫻花在不知不覺中綻放的句子。

世の中は三日見ぬ間に桜かな

（睽違三天外出一看，外頭的櫻花已綻放。）

句子中的「見ぬ間に」訛傳為「見ぬ間の」，內容也變成「三天不見，櫻花就掉光了」。

櫻花不會永遠綻放

明日ありと思う心の仇桜

解說 「仇櫻」指的是容易散落的櫻花，用來比喻轉瞬即逝的事物。以為隔天還能看到櫻花綻放，醒來一看卻已凋落，失去賞花的機會。這句諺語意在說明世間與人生的無常，不知道什麼時候會發生什麼事。

這句諺語來自鎌倉時代僧人親鸞聖人，原句還有後續。

明日ありと思ふ心の仇桜
夜半に嵐の吹かぬものかは

（以為櫻花明日仍會盛開，豈料夜半狂風暴雨打落花瓣。）

想著明天再去賞花，結果隔天花已散落，偶爾也是會遇上這種事。賞花這檔事，最好還是**「思い立ったが吉日」**，想到的當天就去吧。

難分軒輊，做不出選擇

いずれ菖蒲か杜若

解說 菖蒲（溪蓀）和杜若（燕子花）都屬於鳶尾科，外觀也相似。因為難以區別，用來形容兩者難分軒輊，無法從中做出選擇。

自古就有**「いずれ菖蒲」**的說法，在日本的傳統故事中，平安時代末期武將源賴政曾有過這樣的詩句。

因源賴政擊退怪鳥「鵺」，鳥羽天皇將寵妃菖蒲前賜給他做為獎賞，條件是要賴政在做相同打扮的數名女性中找出菖蒲前。賴政分辨不出菖蒲前，為難地吟了這首和歌。

鐮倉時代描述戰爭的《源平盛衰記》裡對這首和歌的記述是這樣的：

五月雨に沼の石垣水越へて
何れか菖蒲引きぞわづらふ

（五月雨下不停，沼澤裡的水淹過了石牆，認不出哪一朵花才是菖蒲，無法將花摘下。）

南北朝時代的《太平記》則如此描述：

五月雨に沢辺の真薦水越へて
何れ菖蒲と引きぞわづらふ

（五月雨下不停，小河水位上升，筊白隱沒水中，辨識不出菖蒲，無法將花摘下。）（「真薦」是一種群生於水邊的植物）

這段文章後接著一段「近衛關白大人看不下去，上前拉拉菖蒲前的衣袖，告訴賴政，這位就是你的妻子」，如此一來，賴政才得以迎娶菖蒲前為妻。

附帶一提，「菖蒲」和「杜若」的花確實很

像，但仔細看就能發現菖蒲下垂的花瓣上有網狀圖案，杜若則沒有。這是分辨菖蒲和杜若的方式之一。

六日の菖蒲十日の菊（むいかのあやめとおかのきく）

比喻時機太遲，派不上用場

解說 菖蒲是五月五日端午節時擺設的花，菊花則是九月九日重陽節時擺設的花，晚了一天才開的菖蒲和菊花來不及用來擺設，比喻時機太遲，派不上用場。也可以只說**「六日の菖蒲」**或**「十日の菊」**。

端午節和重陽節都是中國傳入日本的節日，也是五大節日之一。自古以來，端午節時人們為了驅除邪氣，會在門口插上菖蒲或艾草，江戶時代之後，端午節成為男兒節，家家戶戶開始在家中擺設甲冑或武士人偶，也會在屋外掛上鯉魚旗。

重陽節是農曆九月九日舉行的節日，於平安時代，宮中每到重陽節就會舉辦「賞菊宴」這樣的活動，用菊花除厄、祈求延年益壽。重陽節也稱為菊花節，只是現在已成為五大節日中最沒有存在感的一個節日了。

朝顔の花一時（あさがおのはなひととき）

事物的全盛時期短暫

解說 用早上開花，不到中午就凋謝的朝顏（牽牛花）比喻事物全盛時期短暫，轉眼就會衰退，稍縱即逝。

類似諺語有**「朝顔は晦朔を知らず」**（晦朔指的是早晨與夜晚）、**「槿花一日の栄」**（槿花就是木槿花，早晨開花，傍晚凋謝）、**「花七**

日」。另一句諺語**「花一時人一盛り」**則形容人也和花一樣，全盛期只有短暫一段時期，榮華富貴無法長久維持。

「花の命は短くて苦しきことのみ多かりき」
（花的生命短促，又充滿痛苦。）

這句話並非諺語，而是《放浪記》作者林芙美子寫在簽名板上的短詩，以花比喻女性年輕快樂的時代稍縱即逝，痛苦的時間卻很長，藉此抒發對自己半生的感慨。

萬事萬物都有最適合自己的環境

やはり野に置け蓮華草（の、お、れんげそう）

解說　蓮華草就是要開在原野上才美麗，不適合摘下來欣賞。同理，萬事萬物都有最適合自己的環境，每個人也都能找到最適合自己的地方。

這是江戶時代播磨（兵庫縣）俳人瓢水得知朋友欲為遊女贖身時所吟的俳句「手に取るなやはり野に置け蓮華草」，後來演變為諺語。

附帶一提，蓮華草還有個別名叫做紫雲英。

原本是用來嘲笑人的話

花より団子（はな、だんご）

解說　這句諺語的用意是批評比起外表更重視實質利益，沒有美感，不懂意趣的人。原本是在取笑賞花時放著美麗的花不懂欣賞，卻跑去茶店吃麻糬（糰子）的人。

還有一句類似的有趣諺語**「花の下より鼻の下」**，「鼻の下」指嘴巴，意思是說比起在花下賞花，更重視鼻下的嘴巴吃什麼東西。日語中

「花」與「鼻」同音，也是一句運用諧音雙關的諺語。

日本人自古以來就愛賞花，豐臣秀吉曾在京都醍醐寺舉行豪華的賞花宴，江戶時代之後，賞花的風氣也開始盛行於庶民之間。

「葉」與「は」的雙關語

五月（さつき）の桜（さくら）で葉（は）ばかりさま

解說 「五月の桜」就是花已落盡，只剩下樹葉的「葉櫻」。「葉ばかりさま」意指樹上只有葉子，與此同音的「憚（はばか）りさま」則是表示惶恐或感謝他人辛勞時說的話，整句話是利用了同音字的雙關諺語。

附帶一提，「**はばかりながら葉ばかりだ**」則是指「沒有結果，無實質」的意思。

欣賞花月的方式

花（はな）は盛（も）りに月（つき）は隈（くま）なきをのみ見（み）るものかは

解說 欣賞花不能只看盛放時的姿態，賞月也不能只看滿月，必須懂得欣賞陰晴圓缺之美。這句諺語想說的是事物在全盛期前後雖然姿態並非完美，但也有值得品味與深刻的意趣。

這句話出自《徒然草》中第一三七段的開頭。

花は盛りに、月は隈なきをのみ見るものかは。雨に向かひて月を恋ひ、たれこめて春のゆくへ知らぬも、なほあはれに情け深し。咲きぬべきほどの梢、散り萎れたる庭などこそ見所多けれ。

（賞花只要賞滿開盛放的花，賞月只要欣賞沒有一絲陰霾的滿月嗎？不、不是這樣的。即使下雨時思念天上的明月或人在深閨未知春日已逝，也都有令人感慨的情趣。比起滿樹盛放的花，含苞待放的樹梢與花落寂寥的庭院反而有更多可欣賞的地方。）

「月の眺めは半輪花の楽しみは半ば」傳達的也是相同旨趣。半輪明月與含苞待放的花都值得欣賞，不完美的事物更有其意趣。

順帶一提，**「月花」**指的是以月和花為代表的風雅事物，**「月雪花、雪月花」**指的是欣賞一年四季不同風雅，**「月雪花を一度に眺めるよう」**指的是一次賞盡多種美好事物，也可引申為一次擁有許多好東西。**「月雪花は一度に眺められぬ」**則是指「無法一次擁有眾多美好事物」的諺語。

紅葉

紅葉之美
紅葉の錦

解說 用錦緞來形容整片的紅葉，也可說是**「紅葉の衣」**。

在《古今和歌集》和《小倉百人一首》中都可找到這句諺語，出自菅原道真的名句：

このたびは幣も取りあへず手向山
紅葉の錦神のまにまに

（此次旅途匆促，未能準備獻給神明的供禮，

謹以手向山上美麗的紅葉代替，請神明隨意收下。）

另外，**「紅葉の帳」**是用室內隔間的簾幕（帳）形容整面的紅葉。在京都的某寺院中正能見到這番美景。

「紅葉の笠」則是以斗笠形容枝頭樹梢的紅葉。同樣的，我也曾於京都某處樹下躲雨時見過這樣的美好景像。

「もみじ」的語源「もみず」（古代也寫成「もみつ」）是從表示「入秋後草木的樹葉轉為紅色或黃色」的動詞連用形轉成的名詞，古時也會用漢字寫成「黃葉」，平安時代後多半寫成「紅葉」。

紅葉の橋（もみじのはし）
銀河上的橋

解說 架在天上的銀河上，以紅葉搭成的橋。此外，也指山中紅葉落滿整座橋，成為一座「紅葉之橋」的景色。

這句諺語來自《古今和歌集》中的一首和歌。

天河もみぢを橋に渡せばや
たなばたつめの秋をしも待つ（佚名）

（銀河上似已搭起紅葉橋，織女滿心期盼秋日的到來。）（「たなばたつめ」便是指織女星）

《新古今和歌集》裡也有西園寺公經吟詠的句子：

星あひの夕べ涼しき天の川
紅葉の橋渡る秋風

（七夕傍晚天涼，秋風吹過銀河上的紅葉橋。）

（「星あひ」（星合い）指的是七月七日夜晚牛郎織女兩星相會。）

附帶說明，七夕雖是七月七日牛郎星（彥星）與織女星（織姬星）相逢的節日，此時根據的曆法乃是陰曆，以季節來說已經入秋，因此，日語中「七夕」、「天の川」、「牽牛」、「彥星」、「織女」、「織姬」、「星合い」、「紅葉の橋」等詞都屬於秋天的季語。

霜葉之美

霜葉（そうよう）は二月（にがつ）の花（はな）よりも紅（くれない）なり

解說 霜降後轉紅的紅葉比二月的花更紅更美。「二月の花」指的是春天的花，也可以說是桃花。

這句諺語出自中國唐朝詩人杜牧之詩《山行》中的一節，杜牧的詩平易近人，深受江戶時代民眾喜愛。原文為「霜葉紅於二月花」，日語中有時會將紅葉或楓葉稱為「紅於」，就是來自這句詩。

因為楓葉形狀近似蛙手，古時稱為「かえるで」，後變化為「かえで」（譯註：蛙的發音是「かえる」）。

形容女性臉紅

顔（かお）に紅葉（もみじ）を散（ち）らす

解說 形容女性因為羞恥的緣故，臉色像紅葉散落般漸漸染紅的模樣。此外，也可指因憤怒而漲紅了臉。只說**「紅葉を散らす」**也可以。

「顔に火を焚く」同樣是形容因羞恥或憤怒而

臉紅的模樣，因為用了「火」來比喻，感受得到熊熊怒火，程度似乎比「顔に紅葉を散らす」更強烈。

双六で紅葉を散らす妻と妾

這是出自《柳多留》的川柳句，形容妻妾相爭，面紅耳赤的模樣。

四季

常聽人說

「沒有比日本更四季分明的國家」。

或許因為如此，

日本有很多與季節相關的諺語。

俳句或短歌等文學作品中使用的季語

也常被引用為以簡短詞彙表達季節感的諺語。

春

比喩白晝逐漸拉長

春の日は暮れそうで暮れぬ

解說 春天太陽下山後天黑得愈來愈慢，白天漸漸拉長。

「暮れる」的發音與「呉れる」（給予）相同，諺語「春の日と親類の金持ちはくれそうでくれん」就是用春天時看似要下山了又遲遲不天黑的情景來形容看似快獲得卻遲遲無法獲得的東西。

在「男女」這一章中也介紹過與春日相關的諺語「一人娘と春の日はくれそうでくれぬ」、「春の日と継母はくれそうでくれぬ」。

春天易睏是因為……

春は蛙が目を借りる

解說 據說人在春天時感覺到睏意，是因為青蛙借走了人的眼睛，這句諺語就是根據這有趣的傳說而來。

春天蛙鳴正盛時，也是人容易感到睏意的時候，日本人會說這是**「蛙の目借り時」**（青蛙借走眼睛的時刻），「目借り」與雄蛙的求偶行為「妻狩り」同音，也有一種說法認為是從這裡演變來的。

把自己的睏意怪罪給青蛙的念頭到底是從何而來的呢。一直盯著青蛙的眼睛看，好像真的會覺

得睏呢。

順帶一提，**「春眠暁を覚えず」**來自中國詩人孟浩然的《春曉》。

春眠暁を覚えず
処処啼鳥を聞く

（原句為「春眠不覺曉，處處聞啼鳥。」因為春夜正好眠，連天亮了也沒發覺，聽見四處傳來的鳥鳴聲。）

轉瞬即逝的短暫

春(はる)の夜(よ)の夢(ゆめ)

解說 以春夜之夢比喻短暫、難以捉摸的事物。

這是和歌中經常可見的一句話。《平家物語》的〈祇園精舍〉開頭就有這一段：

祇園精舎の鐘の聲、諸行無常の響きあり。沙羅雙樹の花の色、盛者必衰の理をあらはす。驕れる人も久しからず、ただ春の夜の夢のごとし。

（祇園精舍〔傳說中釋迦佛陀說法的寺廟〕的鐘聲點出了諸行無常。佛陀入滅時變白的沙羅雙樹花色展現出盛久必衰的道理。驕傲之人即使成功也不會長久，就像春夜之夢一般短暫。）

前文提到的**「驕れる人も久しからず」**還有**「驕る平家は久しからず」**和**「驕れる者久しからず」**的說法。這句話後來也演變成「踊る平家は久しからず」，指的都是驕兵必敗的道理。

在適當的時機出人頭地

花(はな)咲(さ)く春(はる)に遭(あ)う

解說 這句諺語的意思是，懷才不遇的人只是時機未到。或是至今不受認同的人終於獲得認同，得以一展長才。

這句話出自平安時代《拾遺和歌集》中凡河內躬恆的歌。

三千年になるてふ桃の今年より
花咲く春にあひにけるかな

（三千年結一次果的桃樹，今年終於遇上得以開花的春天。）

「三千年之桃」是漢武帝從西王母手中獲得的珍貴仙桃，三千年才結一次果實，吃了能長生不老，用來比喻非常稀有或珍貴的事物。「花咲く」指的是綻放的時機終於來臨，「春」也有氣勢正盛的意思。

另外，**「埋もれ木に花咲く」**指的是埋在土中的樹木發芽開花，用來形容時來運轉，再次出人頭地。**「老い木に花咲く」**和**「枯れ木に花咲く」**也是意思幾乎相同的諺語。

山笑う（やまわら）
形容春天的山

解說 這是一句季語（諺語），用來表現春天的山在新綠與繁花點綴下萌發生命力的情景。

這是從中國詩句「春山淡冶而如笑」來的詞彙，「山笑う」雖然只是短短的幾個字，已能令人充分聯想春山風景，意趣盎然，是我很喜歡的詞彙之一。

故郷やどちらを見ても山笑う

這句子來自正岡子規的句集《寒山落木》，從中可讀出令人懷念的故鄉山林花朵盛放，迎來溫暖春季的感受。

在字典裡查詢「わらう」，除了寫成「笑う」外，還有「咲う」的寫法。「咲」在中國是「笑」的古字，「鳥鳴花咲」本是以「笑容」比喻花朵綻放的修辭，在日本則直接把咲字轉用為「開花」之意，沿用至今。

形容春風
風光る（かぜひかる）

解說 這也是春天的季語，形容明媚的春光中，連吹過的春風都閃閃發光。

整個冬季因寒冷而萎縮的植物、動物和人心，都在春風吹拂過後注入一股活力。

装束をつけて端居や風光る

（換上衣服坐在簷廊邊，春天和暖的陽光照射下，連吹拂而過的春風都散發著光芒。）

這是正岡子規的弟子高濱虛子的句子，令人感受到春日陽光中的和風煦煦。

氣候從這時開始穩定下來
八十八夜の別れ霜（はちじゅうはちやのわかれじも）

解說 這句話指的是八十八夜前後所降的霜。也可稱為「別れ霜」、「名残の霜」或「忘れ霜」。

八十八夜是自立春算起的第八十八天，以陽曆來看約是五月二日前後，被視為春天過渡到夏天的季節更迭之日，這天之後就不會再降霜了。同時，這天過後氣候也逐漸穩定，農家開始製作秧床，忙著準備播種、採茶，養蠶等活動。

此外，「八十八」也可組合成「米」字，對種稻的農家來說，八十八夜是一年當中很重要的日子。

順便一提，「八十八夜」、「別れ霜」、「名残の霜」、「忘れ霜」、「苗代」（秧床）「種蒔き」（播種）、「茶摘」（採茶）和「蚕」（蠶）都是春天的季語。

初夏的代表性風物

目(め)には青葉(あおば)　山時鳥(やまほととぎす)　初鰹(はつがつお)

解說　這是江戶時代俳人山口素堂的俳句，很多字典都將這句話視為諺語收錄。「青葉」、「山時鳥」和「初鰹」都是夏天的季語，分別從視覺、聽覺與味覺巧妙傳達了初夏的氣氛。

關於這個句子，素堂在著作《疾疾句合》中以「第一次到鎌倉時」為開場白，如此說明：

目には青葉といひて、耳にほととぎす、口に

鰹と、おのづから聞こゆるにや、鎌倉中の景色これにすぎず

（眼中望去是青葉，耳邊聽見杜鵑鳥啼，嘴裡嘗著鰹魚的滋味，鎌倉的景色正是如此。）

順帶一提，江戶時代，初夏時分在鎌倉與小田原一帶可捕獲乘黑潮而來的鰹魚，是江戶庶民重要的食物。

自投羅網

飛んで火に入る夏の虫

解說　夏天夜晚，飛蟲受火光吸引，自己飛進火裡燒死，用來比喻自投羅網或主動投入危險災難的人。

從以前就有不少類似的諺語，以各種方式呈現：

夏虫の火に入るごとし（出自《萬葉集》中的和歌）

愚人は夏の虫、飛んで火に焼く（出自鎌倉時代描寫戰爭的作品《源平盛衰記》）

夏の虫飛んで火に入る（出自鎌倉時代描寫戰爭的作品《曾我物語》）

我と火に入る夏の虫、焦がれ死にとはこの事か（出自淨瑠璃作品《八百屋阿七》）

飛んで火に入る夏の虫／愚人夏の虫（出自正岡子規編纂的《日本之諺》）

另外，記載中國南朝梁國歷史的《梁書》（西元六二九年）中有「飛蛾撲火」一詞，也有人認為這是上述日本諺語的由來。

沒說出口的情況更迫切

鳴く蟬よりも鳴かぬ蛍が身を焦がす

解說 比起激動鳴叫出聲的蟬，不會發出叫聲的螢火蟲以彷彿燃燒己身的方式發出光芒，更令人感受到迫切的心情。這句諺語的意思是，比起動不動就把內心想法說出口的人，什麼都不說的人心情其實更急切。有時也可只說「**鳴かぬ蛍が身を焦がす**」。

人形淨瑠璃或歌舞伎中常用到這句話，原本出自《後拾遺和歌集》。

音もせで思ひに燃ゆる蛍こそ
鳴く虫よりもあはれなりけれ

（不發出聲音默默燃燒的螢火蟲，比唧唧鳴叫的蟲子更值得同情。）

在日本傳統中，螢火蟲常用來比喻戀情，此外，螢火蟲和蟬短暫的生命也常用來比喻短暫的全盛期。

水に燃えたつ蛍

形容在水面上燃燒自己發光飛舞的螢火蟲。「水」與「見ず」（不見）同音，「燃えたつ」（燃燒）表示情感的激烈。這句諺語形容的是戀愛中看不到對方時的煎熬心情。

蛍二十日に蟬三日

形容事物的全盛期短暫。

六月蟬の泣き別れ

每到農曆六月，蟬就會爭相鳴叫，但那卻是牠們離世前最後發出的聲音。

秋

秋天是最有意趣的季節
物のあわれは秋こそまされ

解說 秋天擁有四季中最值得深入品味的悠長意趣與滋味。

吉田兼好在《徒然草》中這麼描述：

「物のあはれは秋こそまされ」と、人毎に言ふめれど、それもさるものにて、今ひときは心も浮き立つものは春の景色こそあめれ。

（每個人都說「說到意趣深遠就屬秋天為最」，這句話固然有道理，更令人心雀躍的卻是春天的氣息。）

說話不經大腦可能招來禍患
物言えば唇寒し秋の風

解說 這是松尾芭蕉在《芭蕉庵小文庫》的〈秋之部〉中以「座右銘」為題寫下的句子，前面還有「人の短をいふ事なかれ、己の長をとく事なかれ」（勿道人之短　勿說己之長）。暴露別人缺點或說了別人壞話後，自己也會覺得不舒服，心情一陣寒涼。全文旨在告誡自己不可指責他人缺點，也不可炫耀自己的長處。

後來這句話引申為一旦不假思索說了不該說的話，可能會為自己招來災厄，因此必須謹言慎行。有時也可省略「秋の風」，直接說「**物言えば唇寒し**」。

與人爭執，朝對方說了難聽話後，別說「秋の風」了，有時甚至會對自己心寒得像是「冬の風」呢。

歌詠中秋名月之歌

月月に月見る月は多けれど月見る月はこの月の月

解說 這句話出自江戶時代諺語集《譬喻盡》，作者不明。三十一個字裡有八個「月」字，是知名的歌詠中秋名月之歌。

中秋名月又稱「芋名月」，在日本有以里芋為供品賞月的習俗。根據江戶時代隨筆《小窗閒語》記載，官家（有錢人家或貴族、官員之家）侍女會於八月十五夜晚，用筷子在里芋上戳洞，透過這個洞賞月吟歌。

附帶說明，農曆九月十三晚上的月亮則稱為「栗名月」，賞月時的供品是栗子。此外，也有以豆子為供品的「豆名月」。

取「秋」與「空」的同音雙關

身の三夕は秋の空腹

解說 「三夕」指的是《新古今和歌集》中三首以「秋之夕暮」作結的和歌。由於「秋」與「空」發音相同，這句諺語是透過這樣的雙關打趣表示「三夕之歌雖是吟詠秋日風情的詩歌，自己卻沒有那樣的雅趣，只覺得肚子餓（空腹）」。

順帶一提，「三夕」是以下三首和歌。

見渡せば花も紅葉もなかりけり

浦の苫屋の秋の夕暮（藤原定家）

（放眼望去，這裡沒有春日的花也沒有秋日紅葉，秋天的夕陽下只見海邊的草屋。）

寂しさはその色としもなかりけり
真木立つ山の秋の夕暮（寂蓮）

（寂寞是沒有顏色的，但是檜木或杉樹茂密的山籠罩在秋日夕陽下時，總令人感受到一絲寂寥。）

心なき身にもあはれは知られけり
鴫立つ沢の秋の夕暮（西行）

（連不懂情趣的我，看到秋日夕陽下水邊飛起的鷸鳥時，也能深切感受到秋意。）

山粧う（やまよそお）

形容秋天的山

解說　這是秋天的季語，形容晚秋澄澈的空氣中，紅葉滿山的美景。「よそおう」平時多半寫成「装う」，在此為了展現紅葉粧點秋山的模樣，特地寫成「粧」字。

搾乳の朝な夕なを山粧う

這是昭和時代俳人波多野爽波的句子，形容秋山早晨與傍晚時的美景。「搾乳」指的應該是早上和傍晚擠牛奶的例行工作。

落ち武者は薄の穂にも怖ず（おちむしゃはすすきのほにもおず）

心有恐懼時，看什麼都害怕

解說　「落ち武者」是敗戰逃跑的武士，因為害怕敵人來襲，時時提心吊膽，聽到一點聲音也會心生恐懼。這句諺語就是藉此比喻心中恐懼時，

看到什麼都害怕的狀況。也可以只說**「薄の穂にも怖ず」**，類似諺語有**「疑心暗鬼を生ず」**（疑心生暗鬼）。

朝帰りすすきの穂にもおじるなり

（早晨回家時，連看到芒草穗都膽顫心驚。）

這是江戶時代川柳集《柳多留》中的川柳句子，雖然不是諺語，相信能引起很多人的共鳴。江戶中期的俳人橫井也有也寫了同樣的俳句，後來演變為諺語。

幽霊の正体見たり枯れ尾花

「尾花」就是芒草穗，這句有趣的諺語意思是，原本以為看到幽靈，定睛一看原來是風中搖曳的枯萎芒草穗。原句其實是「化け物の正体」，後來從「化け物」（怪物）演變為「幽靈」（鬼魂）。

形容秋高氣爽

天高く馬肥ゆる秋

解說 秋日天空高遠澄澈，豐美的牧草養肥了馬匹。這是用來形容秋高氣爽的諺語。

這句話來自中國，原句為「秋高馬肥」。中國秦漢時代，北方遊牧騎馬民族匈奴常於秋季收成時南下侵入國境。因此每逢秋季，人們就用這個句子呼籲強化邊境防守。

順帶一提，萬里長城是中國歷代王朝為防禦北方外敵入侵而興建的城牆，在秦始皇的時代為抵禦匈奴而大幅增建，並定名為萬里長城。

冬

冬至冬中冬始め（とうじふゆなかふゆはじめ）

冬至過後天氣才真正變冷

解說 從月曆上看來，冬至雖然位於冬季的正中間，冬日真正的嚴寒卻從這天之後才開始。

關於冬至，日本也有各種諺語。

冬至十日経てば阿呆でも知る

冬至十天後，白天已明顯變長，再遲鈍的人也會發現。另外，天氣也會變得更寒冷。

冬至十日は居座る

冬至後的十天，太陽彷彿坐了下來一般，是一年之中高度最低，日照最短的時期。

冬至に柚湯に入ると良い

據說用柚子泡澡就不會感冒（不只冬至，現在日常生活也會這麼做了）。

冬来たりなば春遠からじ（ふゆきたりなばはるとおからじ）

忍耐度過艱困時期就能迎來幸福

解說 寒冷陰暗的冬天來臨，代表明亮溫暖的春天也不遠了。就算現在處於嚴苛的狀態中，幸福一定很快就會造訪。這句諺語是要人堅持忍耐的意思，如果光看字面，也能用來表示「等待春天來臨」。

原本以為是日本自古以來就有的思維，後來才發現這句諺語來自英國詩人雪萊的《西風頌》。

枯れ木も山の賑わい

聊勝於無

解說 比起光禿禿什麼都沒有的山，枯樹至少還能增添一絲風情，比喻就算只是無聊的東西，有總比沒有好。類似諺語還有**「枯れ木も山の飾り」**、**「枯れ木も森の賑わかし」**。

這句諺語是老年人在加入年輕人之間時的謙遜之詞，「枯木至少也能成為山林的點綴，請讓我也加入各位吧」。因此，若反過來對別人說「即使是枯木也會為山林帶來一絲活力，請務必參加」則有失禮數，尤其不能對年長者說這句話。

然而，根據文化廳的國語調查，有將近半數的人認為這句話的意思是「只要眾人聚集就會熱鬧有活力」，以年齡層來看，從十幾歲到七十幾歲，每個世代不知道這句話本意是「聊勝於無」的人都比知道的人多。此外，誤會的人數還比十年前進行相同調查時增加了十二個百分點。下次調查大概會是十年後吧，真想知道到時候的調查結果。

十月の木の葉髪

樹葉和頭髮都在十月掉落

解說 農曆十月（陽曆十一月）是落葉的季節，稱為**「十月の木の葉落とし」**，由此發展出這句諺語，巧妙地利用樹葉紛紛散落的模樣比喻了掉髮的狀況。

附帶一提，「髮」字中雖包含了「友」字（譯

註：日文漢字的寫法，髟的下方寫成友），其實頭髮與朋友無關。原本應該是在「髟」（頭髮的意思）下加上「犮」（「祓」的右側，原意是狗拔腿飛奔的樣子）組合成「髮」（散開的頭髮）。此外，「拔」（譯註：日文漢字的寫法是提手旁加友）這個字原本也應該寫成「拔」，意思是排除不需要的，只抽出需要的東西。

形容冬天的山
山眠る（やまねむる）

解說 形容冬季時整座山一片枯寂，失去活力，彷彿沉沉睡去般靜謐的模樣。是冬天的季語。

硝子戸にはんけちかわき山眠る

（隔著玻璃窗，洗好曬乾的手帕與沉睡的冬山映入眼簾。）

這是出生於東京淺草，從大正時代活躍至昭和時代的俳人久保田萬太郎的句子。

形容冬風
風冴ゆ（かぜさゆ）

解說 這也是冬天的季語，形容冬天寒風刺骨，冷徹全身，更增添一層寒氣。「冴える」也有寒冷更上一層樓的意思。

風冴えて今朝よりもまた山近し

（冬季寒風吹拂，寒氣加重，空氣更顯清澄，感覺今天早上看到的山距離更近了一些。）

這是江戶時代俳人加藤曉台的句子。

順帶一提，形容在嚴寒冬季中，夜空裡的月亮更顯明亮的詞句是**「月冴ゆ」**，形容鐘聲在冬季清澄的空氣中聽來更加響亮的詞句則是「**鐘冴ゆ**」。兩者皆為冬季的季語。

氣候・天災

日本是與大自然共存的國家。
自然景觀雖是令人大飽眼福的美景，
大自然有時也會翻臉無情，
在一瞬間破壞安穩的日常，
有著令人恐懼的一面。

雪

翩翩飄落的櫻花
空に知られぬ雪

解說　連天空也不知道的雪，換句話說就是「非天上降下的雪」，用來形容如雪片般翩翩飛落的櫻花瓣。也可寫成**「空知らぬ雪」**。

桜散る木の下風は寒からで
空に知られぬ雪ぞ降りける

（站在花瓣散落的櫻花樹下，雖無寒風吹拂，身旁卻落下天空也不知情的雪，原來是如雪花飄降的落花。）

這是《拾遺和歌集》中紀貫之的歌。**「雪の花」**這個詞也是用雪的景象來比喻落花，有時則反過來用花朵盛開來形容堆積在樹木或山頭的雪。

上述多半是用雪來比喻花的詞語，不過，也有反過來用花比喻雪的例子。雪的結晶體呈六角形，由此而來的**「六つの花」**（六花、六朵花）、**「六花」**都是雪的別稱。

比喻白髮
かしらの雪

解說　這是用霜雪來比喻白髮的諺語。也可寫作「かしらに雪（霜）を戴く」。

春の日の光にあたる我なれど
かしらの雪となるぞわびしき

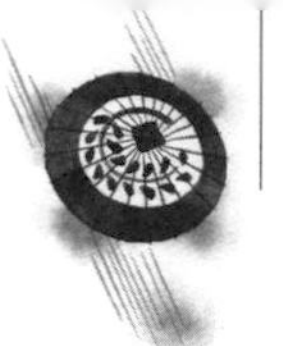

（春日陽光灑落滿身，白髮如雪，內心悲涼遺憾。）

這是收錄在《古今和歌集》中，平安時代「六歌仙」之一的歌人文屋康秀的歌句。

另外也能用**「年の雪」**比喻年年增加的白髮。

白たへにかしらの髪はなりにけり
わが身に年の雪つもりつつ

（我已滿頭白髮，隨著年事增長，蒼蒼白髮如白雪堆積。）

這是《後拾遺和歌集》中藤原明衡的歌句。以上兩首和歌都使我讀來同感悲涼。

雪を欺く（ゆきをあざむく）

分不清是白雪還是白髮

解說 比喻頭髮非常白，甚至分不清是白雪還是白髮。類似的比喻也用在形容女性肌膚白皙的**「雪の肌」**上。

附帶說明，「……を欺く」有「與……不分上下」或「容易與……混淆」的意思，例如**「昼を欺く」**（明明是夜晚卻光亮得形同白晝）、**「鬼を欺く」**（如猛鬼般兇猛或容貌醜陋如鬼）等，都是能在字典中找到的詞彙。

回雪の袖（かいせつのそで）

如雪片般飛舞的衣袖

解說 形容衣袖如翻飛雪片般舞動，以訓讀方式發音的「回雪」即「迴旋的雪」，用來比喻美妙的舞姿。

神女空より振り下り、清見原の庭にて回雪の
袖を翻しけれども

（女神從天而降，在清見原庭中舞動如雪般翩翩翻飛的衣袖。）

這段話出自《源平盛衰記》，讀了這段文字，庭中天女翻動衣袖起舞的姿態彷彿就在眼前。

我が物と思えば軽し笠の雪

只要想到是為自己好，就不以為苦了

解說 只要想成是自己的東西，積在斗笠上的雪也不覺得重了。這句諺語是用來比喻把痛苦、難過的事想成對自己有益處，就能夠不以為苦。

這句諺語出自江戸時代俳人榎本其角的俳句：

我が雪と思へば軽し笠の上

順帶一提，「**笠の雪**」指的是堆積在斗笠上的雪，也可用來比喻沉重的事物。

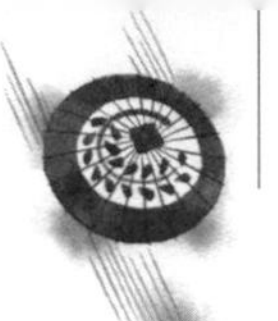

雨

天上滴落的眼淚
空の時雨（そらのしぐれ）

解說 這是用滴落的眼淚形容天上下的雨。「時雨」是眼淚，「時雨れる」是落淚，「時雨心地」則是指想哭的心情。

用天空在哭泣比喻眼淚或雨水的諺語不少。例如**「空知らぬ雨」**（不是從天上降下的雨水＝眼淚）、**「空に知られぬ村時雨」**（「村時雨」指的是驟然下起，下下停停的大雨）、**「雲知らぬ雨」**（比喻眼淚）、**「空の雫」**（比喻雨水）、**「空の露」**（比喻雨水）等。

為自己處境流下的淚
身を知る雨（みをしるあめ）

解說 深知自己處境的雨，換句話說，就是眼淚。也可寫為**「身を知る袖の村雨」**。

《伊勢物語》中有這樣的一段歌詞：

数々に思ひ思はず問ひがたみ
身を知る雨は降りぞまされる

這段和歌必須配合故事裡的前文看才有意義，光擷取這部分解釋比較困難。簡單來說，是女性在得知男性對自己的看法後下的雨，換言之，就是在得知對方不愛自己之後流下的悲傷眼淚。

遣らずの雨

彷彿勸人留步般下起的雨

解說　來訪者正要告辭時，彷彿為了留客一般下起的雨。

空留めの客に遣らずの雨七日

這是江戶時代俳人立羽不角的句子，描述大雨令旅人無法前進，雨水使河川水位上升，彷彿留客一般拖住旅人的腳步。

我在國中的閱讀時間讀過島崎藤村的小說《天亮前》，裡面也有這麼一段：

看在想多留朋友半天的半藏眼裡，這天的雨就像「遣らずの雨」。

頼む木の下に雨漏る

原本想依靠的事物令人期待落空

解說　想在樹下躲雨，雨水還是從樹葉間打下。用來比喻想依靠的對象讓自己期待落空。

原本預定前來的幫手臨時不能來，或是唯一的解決方法最後還是派不上用場。這類經驗想必大家都曾有過。這句諺語形容的就是這類情形。

附帶一提，表示「最後一絲希望仍落空」的諺語是**「頼みの綱も切れ果てる」**（依賴的繩索終究斷裂）。

西方的類似諺語則說**「樹下躲雨，愈躲愈濕」**。

雨夜の品定め

評論他人

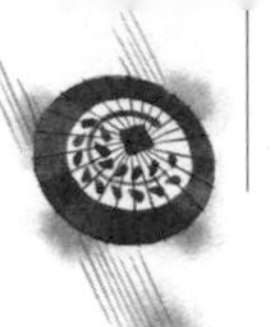

解說《源氏物語》第二帖〈帚木之卷〉中提及光源氏與內大臣們在夏日長雨之夜品評女性的場景。由此引申為評論他人優劣的意思。

這句話實際上出自第四帖〈夕顏之卷〉。

ありし雨夜の品定めの後、いぶかしく思ほしなるしなじなあるに

（日前雨夜的品評後，得知感興趣的女性各有不同身分階級。）

此外，第五十四帖〈行幸之卷〉中則有「かのいにしへの雨夜の物語に」的句子，**「雨夜の物語」**指的是閒來無事時打發時間的雜談。

雨晴れて笠を忘る

忘了別人的恩情

解說 雨過天晴後，就忘了下雨時為自己遮雨的斗笠。比喻當苦難過去後就忘了當下別人對自己的恩情，也可說是警惕人們不可在苦難過後立刻忘記他人恩情的諺語。類似說法還有**「暑さ忘れれば陰忘れる」**（不熱時就忘了陰涼處的好）、**「喉元過ぎれば熱さを忘れる」**（熱的食物吞下喉嚨就忘了燙）。

將「忘了斗笠」拿到現代，就是雨停後便忘了雨傘的可貴。這句話背後還有另一層深意，旨在警惕自己不要或千萬不可成為那樣的人。

雨降って地固まる

爭執過後狀態反而好轉

解說 下過雨後地上的泥土會更紮實，形容事態好轉。整句諺語想表達的是經過爭執，或是為了

解決問題而經過一番爭議後，反而更能理解彼此心情，使事態朝好的方向轉變。類似諺語有**「雨の後は上天気」**（雨後的好天氣）、**「諍い果ての契り」**（爭執過後的結盟）。

形容戀人或夫妻吵架後感情比原本更好也可使用這句諺語，如同西方也有諺語說**「戀人吵架就像談一場新戀情」**、**「暴風雨後的平靜」**。

順帶一提，在事情發生前就注意避免的諺語則是**「雨降らずして地固うする」**。

北山時雨（きたやましぐれ）

「北」與「來」的雙關語

解說 「北山時雨」指的是從京都北山方向降下的驟雨。日語中「北」與「來」同音，以此構成雙關語。例如講肚子餓了（腹が減って来た）會說是「腹が北山時雨となって来た」、「腹の加減も北山時雨」或「腹が北野の天神北山時雨」等等。講迷上什麼人（惚れて来た）時說「あいつはおれに北山時雨だよ」，講差不多該來了（そろそろやって来た）時則說「そろそろ北山時雨」。

從各種笑話集、滑稽書、淨瑠璃、歌舞伎中都能看到這個用法，可見「北山時雨」應該是江戶時代的流行語。附帶一提，現代國語辭典中也查得到這個雙關用法。

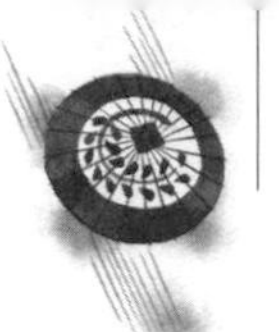

天空

心が空になる

失魂落魄的狀態

解說　形容彷彿心離開了身體一般茫然失落。也可用來比喻被某件事奪走心神，無法做其他任何事的狀態。亦可寫成**「心空なり」**。

這是從《萬葉集》時代就能看到的比喻，「空」指的是失魂落魄的狀態，也用來形容心情受到打擊而恍惚不定的狀態。

心の空

天空中各種不同形狀的雲朵浮現又散去。用來比喻心頭浮現各種思緒，心不在焉的狀態。

足を空

以雙腳騰空的姿態比喻慌張失措。

いざよう空や人の世の中

人心就像陰晴不定的天空

解說　就像陰晴不定的天空，人心也難以捉摸。此外，這句諺語也比喻人心的不可靠。「いざよう」指的是想前進卻遲遲無法前進，也有猶豫、停滯的意思，漢字寫成「猶予う」。

附帶說明，「十六夜」（發音為いざよい）的月亮比十五的夜晚更慢出來，看似月亮有所猶豫，因此也有人將「十六夜」寫為「猶予」。

居る空がない

無法保持鎮定，心神不寧的意思。

比喻人的死亡

空の煙になる

解說 「空の煙」是指火葬時飄上天空的煙，用來比喻人的死亡。

最早可在《蜻蛉日記》、《源氏物語》中看到這樣的用法。

例如**「雲煙となる」**（死後成為火葬時的一縷輕煙）、**「形見の雲」**（形容火葬之後的煙化成天上的雲朵）、**「空しき煙」**（火葬時發出的煙）等，散見於各種文學作品中。

想也沒用的事

空に標結う

解說 想把標繩（譯註：又稱注連繩，是一種稲草編成的粗繩，在神道信仰中視為潔淨咒具，有避邪的作用）綁在天上是不可能的事，就此表示「想了也沒用」或「心煩也沒用」的事。

夢にだにまだ見ぬ人の恋しきは
空に標結ふ心地こそすれ

（愛上連夢中都沒見過的人，就如想把標繩綁在天上一樣，是一件想了也沒用的事。）

這是《新勅使撰和歌集》中作者不詳的和歌，除此之外，其他不少關於戀愛的和歌中也常看到這個詞彙。

所謂天災

猶豫不定的天氣
空（そら）に三（み）つ廊下（ろうか）

解說 究竟該放晴（照ろうか）、烏雲滿佈（曇ろうか）還是下雨（降ろうか），天空像是拿不定主意。這句諺語形容的正是如此捉摸不定的天氣。廊下是「ろうか」的雙關語。

將天空擬人化的手法加上雙關語的運用，令人不由得佩服這句諺語的表現力。

連天皇也使不上力
賀茂川（かもがわ）の水（みず）

解說 從前京都賀茂川的河水經常氾濫成災，連天皇也無能為力。藉此形容心有餘而力不足的事。

《平家物語》中提到連白河上皇也束手無策的事，其中便舉出了賀茂川的氾濫，可見其害之大。

賀茂川の水、双六の賽、山法師。これぞ我が

心にかなはぬもの

（白河院說，天下唯有賀茂川的河水、雙六的骰子和比叡山的山法師（僧兵），這三件事無法按照我的心意。）

附帶一提，賀茂川與高野川於下鴨神社附近匯流，下游則稱為鴨川（譯註：賀茂川與鴨川發音相同）。

風雨震雷は天地の御政事

天地變異乃天地所為

解說 這句話的意思是，大風、大雨、洪水、地震、雷電等天地變異都是天地所為，非人力所能阻擋。「政事」就是政治，也就是治理天下之事，然而天地變異是天神與地神治理人間的政事，非人力所能干涉。

說到底，天災的發生本來就不是人類所能阻止。現在科技雖能某種程度預測天災，稍微減輕受害程度，但是近年來天災發生頻率增加，總覺得災害程度反而比昔日嚴重。

地震を空へ上げ雷を地の下へ降ろしたし

對地震與打雷做出不可能的期待

解說 地震和落雷是天災中特別可怕的兩種。如果地震能發生在空中，落雷能打在地底下的話就不用害怕了，但這卻是不可能實現的願望。這句諺語指的就是「無法實現的期待」。

另有一句諺語說**「雷は逃げ場が無い」**，認為打雷比火災或水災更可怕，因為遇到火災或水災時或許還有地方可逃，要是打雷時正好在田地裡工作，周圍就真的無處可避難了。

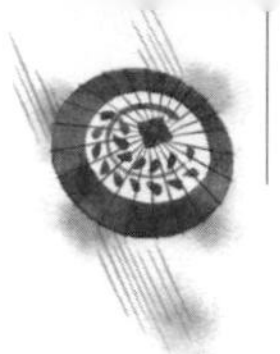

順便一提，江戶城及大名諸侯宅邸等建築，都設有遇到地震或落雷時避難專用的特製房間，稱為「地震雷之間」。

面對天災的自我提醒
天災(てんさい)は忘(わす)れた頃(ころ)にやってくる

解說 颱風、地震與海嘯，這些天災總在被人遺忘時再度來襲。因此，這句諺語是要警惕自己平常就該加強對天災的戒備。

這是戰前物理學者兼隨筆家寺田寅彥說的話。位於高知市的寺田宅原址上，就豎立著刻有「天災は忘れた頃にやってくる」的石碑。

經歷過天災的人或許不會忘記當時的恐懼，但應該不少人認為自己暫時不會再遇到一樣的事吧。此外，隨著時光流逝，當下一代普遍沒有經歷過那場天災時，對災害的認識和戒備就會鬆懈。天災往往就在這種時候再度來襲，歷史上已有過多次這種教訓。

寺田寅彥在《科學與文學》中說：「歷史不斷重複，而其法則不變。因此，過去的紀錄將成為對未來的預言。毋庸置疑，同樣具有重現紀錄性質的文學價值與科學價值同等重要。」

除了科學家和文學家，親身經歷過天災的人也能透過這些與自然災害相關的諺語，將當時的經驗做為教訓流傳後世，成為珍貴且重要的傳承。話雖如此，天災總在人們遺忘這些教訓時捲土重來。

專欄

「災」「禍」「雷」「震」

「災」字由「巛」（「川」的本字）與「火」組成，「巛」的部分原本寫成「巜」，表示洪水帶來的災害。此外，「災」也可以寫成「烖」，表示大火帶來的災害。換句話說，「災」這個字由洪水與大火組成，意味著水災、森林火災及地震等自然天災。

「禍」由「示」與「咼」組成。「渦」和「鍋」等字也有「咼」，表示圓形的東西或呈圓形凹陷的東西。「示」是祭壇的象形字，做為部首，用在與神靈相關的事物上。由此看來，「禍」字代表在神靈的力量下，人類陷落圓形的凹陷（洞穴）中，表示災難降臨天下。「禍」字主要用在「舌禍」、「戰禍」、「輪禍」等人類引起的災禍。

「雷」的訓讀讀音為「かみなり」與「神鳴り」同音，原本指的正是雷聲。雷的發音也做「いかずち」，這是來自「厳つ霊」（いかつち），意思是暴怒的神靈。此外，「かみなり」也可寫成「稲妻」，意思是「稲之妻」，因為古人相信稻子和雷光結合後才會結出稻穗，因此有了這樣的說法。漢字原本寫為「靁」，與「畾」同樣是描繪相同東西層層重疊的象形字，用來表示烏雲中陰陽之氣重疊時發出的轟隆聲響。附帶一提，「電」字中也包含了「雨」字，下方的「申」字拉長尾巴表示打雷時的閃光。

「震」字中也有「雨」，下方的「辰」字是「蜃」的原字，這是表示貝殼打開露出顫抖貝肉的象形字，用來形容打雷時空氣的振動。

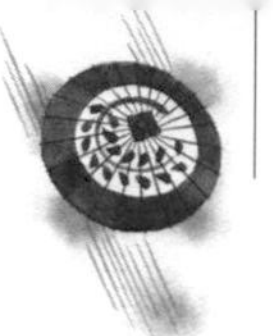

地震・海嘯

傳說中地震與海嘯的預兆

地の下で大鯰が動くと地震が起こる

解說 古時世人普遍相信地底的大鯰魚暴動時就會引起地震，因此有了這樣的諺語。

江戶時代有句川柳「夥しなまずが背負う日本国」（驚人的大鯰魚背負著日本國），在那個沒有人知道地震成因為何的時代，會出現這種想法也是可以理解的事。

由於有這樣的民間傳說，《廣辭苑》等字典裡也說明了「鯰魚」與地震有關。

全國各地都有類似的災難預兆傳說。

井戸水が急に減ると地震がくる（井水忽然減少時就會發生地震）

地下水が濁る時は地震がある（地下水呈現混濁時就會有地震）

津波の前には井戸水が異常に濁る（海嘯來臨前井水會變得異常混濁）

雉が鳴くと地震がある（雉雞啼叫就會發生地震）

地震の後に雉が鳴かねば揺り返しが来る（地震後雉雞若不啼叫就會發生餘震）

近海の魚群がにわかに減少するのは地震の兆し（近海魚群微量減少也是地震的徵兆）

這些只是其中的一小部分。或許沒有科學根據，但也可能真的有人親眼在災害發生前看過這些與平常不同的異象。除了人類之外，動物感應到周遭的異常也不是奇怪的事。

關於地震時如何保護自己的諺語

地震の時は竹藪へ逃げろ

解說 竹子會在土裡穩固扎根，因此竹林裡較不容易發生地裂或土石流等現象，也不用擔心建築倒塌，是相對安全的地方。這句諺語旨在教人遇到地震時可逃入竹林中。

※雖然實際上真有逃進竹林獲救的例子，當竹子根部扎得不夠深時，還是有可能整棵倒下，過去也曾有竹林斜坡出現土石流的情形，因此，竹林仍不是「絕對」安全的地方。

總務省消防廳網站上有「全國災害傳承情報」頁面，記載著日本全國各地因天災而流傳的民俗說法，可從中看見許多地方都流傳過這句話：**「地震の時は南天の木の下に行け」**（地震時就去南天樹下）。為什麼要去南天樹下，原因不明，或許是取「南天」（なんてん）與「轉移災難」（難を転ずる）（なんをてんずる）的諧音，認為能就此化解災難吧。

關於海嘯時如何保護自己的諺語

津波てんでんこ

解說 「てんでんこ」是東北地方的方言，意指「各自」、「各別」。因為海嘯轉眼來襲，逃離時無法顧及身旁他人，只能各自盡全力逃難。也有自己的生命自己守護的意思。

這是經歷過無數次海嘯的三陸地方自古以來就有的說法。應該有不少人是在二〇一一年東日本

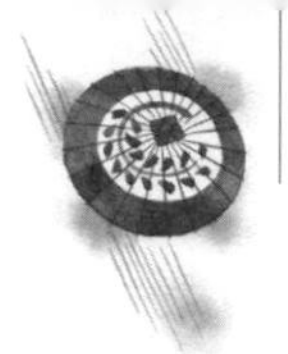

大地震發生時學到這句話的吧。

「地震がきたら高台へ逃げろ」（因為地震發生也可能引起海嘯），**「潮が引いたら高台へ逃げろ」**（異常退潮時很可能出現海嘯）也是在海嘯來臨時保護自己的諺語。

颱風・洪水

颱風來襲的時期

二百十日の前後ろ

解說 從立春算起兩百一十天，也就是九月一日前後多半會有颱風靠近肆虐。

因為這段時間是颱風來襲的時期，又遇上晚稻（比一般稻米晚成熟的稻米）的開花期，自古以來二百十日和二百二十日都被農家視為厄日。

關於颱風，還有以下這些諺語：

二百十日の前七日

從二百十日的七天前就要開始嚴防颱風帶來的暴風雨。

二百十日の荒れは二百二十日に持ち越す

二百十日一來，颱風就會造成損害，甚至影響到十天後的二百二十日。

二百二十日の荒れじまい

第二百二十日也就是九月十一日過後，就不用再擔心颱風肆虐了。

順帶一提，橫跨秋冬兩季的暴風，尤其是二百十日・二百二十日前後來襲的颱風又稱為「野分き」（足以將野草向兩邊吹倒的風）。此外，「台風」（譯註：日文中颱風的漢字寫為台風）原本應寫為「颱風」，據說是中國南部及臺灣的人將「大風」（おおかぜ）唸為「タイフーン」，被西方人音譯為typhoon後再傳回日本，再次音譯為「台風」。

洪水的可怕

千日の旱魃に一日の洪水

解說 持續千日的乾旱和瞬間沖走一切的洪水造成的災害程度相同。水災就是這麼可怕。

光是在新聞中看到洪水的畫面就足以令人恐懼顫抖了。

儘管各地都有施行治水對策，或許受到近年異常氣候的影響，每年仍發生超乎想像規模的水災。水災的可怕之處就和海嘯一樣，在於瞬間能將一切沖走，造成的損害範圍廣大，需要長時間復原與重建。真希望將來人類能靠自己的力量阻止水患發生。

大雨、水災和山崩的預兆

朝虹はその日の洪水

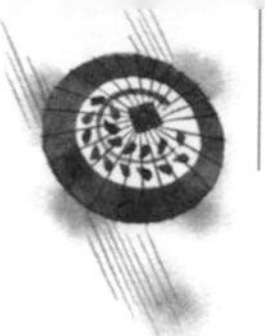

解說　早晨看到彩虹，表示那天會下大雨，甚至可能是發生水災的預兆。類似諺語還有**「朝焼けはその日の洪水」**。

關於氣候與災難預兆的說法還有許多，在此列舉其中一部分，必須事先說明的是，這些說法未必都有科學根據。

井戸水が急に枯れる時は近くに大雨がある（井水忽然枯竭時，必然很快會下大雨）

洪水の前には井戸水が増す（大水來臨前，井水水位會上升）

朝雷は洪水のもと（早上打雷是洪水的預兆）

朝雷に川渡りすな（早上若打雷，當天就別過河）

朝の虹には川越えするな（早上出現彩虹，當天就別過河）

蟻が高上がりすると洪水（螞蟻往高處爬時將發生大水）

蛙が高いところにのぼると洪水（青蛙往高處跳時將發生大水）

蜘蛛が巣を上にかければ洪水（蜘蛛將網結在高處時將發生大水）

百舌が高く巣を作れば洪水がある（伯勞鳥將巢築在高處時將發生大水）

洪水の時、今まで流れていた谷水が急に停止すると数分後に山崩れがある（洪水發生時，原本流過山谷的水若忽然停止，幾分鐘後必發生山崩。）

上述說法中也包括動物行為展現的預兆，令人相信動物也有測知異狀的能力。

總務省消防廳網站上的「全國災害傳承情報」還記載了各地許多與防災相關的寶貴傳承，請務必前往一覽。

我自己過去也曾遇上天災，經歷過恐懼和悲慘，直到今天仍無法忘記，今後也不打算忘記。一邊回想當時的事，一邊為這章做總結時，再次發生了大地震和大雨造成的水災，每次看到報導受災消息的新聞畫面，內心就一陣難受。

以前的人說**「今日は人の上、明日はわが身の上」**（今天發生在別人身上的事，明天也可能發生在自己身上）。我們真的不知道天災什麼時候會發生，我想應該沒有人不知道**「備えあれば憂いなし」**（有備無患）這句諺語，但是，我們對可能發生的災害已經做好充足準備了嗎？為了能夠自己保護自己，必須做好所有能做的準備。

偉人的教誨

「初心忘るべからず」（勿忘初心）、
「為せば成る」（有志者事竟成）
都是家喻戶曉的諺語。
證明了這些知名的教訓
是如何地深入人心。
偉人們留下許多人生教訓，
成為諺語流傳後世。

吉田兼好

見ぬ世の人を友とす

透過書本與古人交流

解說 這句話是要人們透過書本與素未謀面的古人交流，親近古籍。出自《徒然草》第十三段。

ひとり灯のもとに文をひろげて、見ぬ世の人を友とするぞ、こよなう慰む業なる。文は文選の哀れなる巻々、白氏文集、老子のことば、南華の篇。此の国の博士どもの書ける物も、古のは、哀れなること多かり

（獨自一人在燈火下打開書本，與看不到的古人為友，是最能撫慰心靈的事。所讀的書有《文選》（中國梁朝昭明太子編纂的詩文集）耐人尋味的篇章、白氏文集（唐朝白居易的詩歌作品集）及《老子》、《南華》（中國戰國時代思想書《莊子》）中的各篇章也非常出色。此外，自古以來本國學者寫的書也有許多值得一讀。）

現代的我們正是透過閱讀《徒然草》與兼好法師交流，得知他的為人。不限於古籍，透過書本認識許多作者及其生平就是閱讀的樂趣之一。

仇野の露、鳥部山の煙

比喻人生的難以預料

解說 露水和煙都是難以捉摸，轉瞬即逝的事

物，用來比喻人生難料，世事無常。這段話出自《徒然草》第七段。

仇野の露消ゆる時なく、鳥部山の煙立ち去らでのみ住み果つる習ひならば、いかに物のあはれもなからん。世は定めなきこそいみじけれ

（仇野墓地的露水沒有消失過，鳥部山火葬場的煙沒有中斷過，一如生命從未停止消逝。如果生命能永駐於世，萬事萬物將失去情感。正因人世無常，才更襯托出世間美好。）

仇野位於京都市右京區嵯峨的小倉山腳下，鳥部山位於東山，仇野和鳥部山都是有名的火葬場。

活得愈久可恥的事愈多
命長ければ辱多し

解說 活得愈久，丟臉的機會就愈多。這也是出於《徒然草》第七段的內容。亦作「**長生きは恥多し**」，原本來自中國宋朝的思想書《莊子》。

命長ければ辱多し。長くとも四十に足らぬほどにて死なんこそ、目安かるべけれ

（活得愈久，丟臉的事就愈多。最長也不要活超過四十歲，人生才不會太難堪。）

順帶一提，兼好法師活到將近七十歲。

名聲有時也會招來反感
誉れは毀りの基

解說 獲得名聲或他人的讚許，也代表會招來另一些人的嫉妒或責難。這是出自《徒然草》第三十八段的內容。

誉を愛するは人の聞きを喜ぶなり。（中略）誉はまた毀の本なり

（人之所以追求名聲，是因為喜歡聽到別人對自己的好評。（中略）名聲有時也會成為招來嫉妒的原因。）

中國的《韓詩外傳》中也有類似的話「喜名者必多怨」，徒然草的內容或許奠基於此。

家の作りようは夏を旨とすべし

兼好法師打造家屋的基礎

解說 蓋房子時，最重要的是看炎熱的夏天是否能在家中舒適度過。這是出自《徒然草》第五段的內容。

家の作り様は、夏を旨とすべし。冬はいかなる所にも住まる。暑き比、悪き住居は堪へがたき事なり

（蓋房子時主要看夏天住起來舒不舒適。冬天可以住在任何地方，炎熱的季節卻無法忍受住得不舒服。）

雖然不知道當時兼好法師住在什麼地方，看來比起冬天，他更不喜歡夏天。不過，後來他也說過「天花板太高冬天會很冷」，以及「房屋建築不妨打造一些派不上用場的部分，會比較有趣」等言論。

家に鼠、国に盗人

任何社會都有為惡之人

解說 家中有老鼠偷吃食物，破壞家具，國家有小偷盜賊危害人民生活。兩者程度雖然不同，但也表示任何社會都有為惡之人。這段內容出自《徒然草》第九十七段。

その物につきて、その物を費やし害ふ物、数を知らずあり。身に虱あり、家に鼠あり、国に賊あり、小人に財あり、君子に仁義あり、僧に法あり

（附在某物之上，使其受到損傷，這種事世上多得數不清。比方人體有虱，家中有鼠，國內有賊，卑鄙小人有財，君子有仁義，僧侶有佛法。）

正岡子規編的《日本之諺》中也介紹了**「身に虱、家に鼠、国に盗人」**和**「僧に法あり」**，後者指的是僧人過於拘泥佛法，反損己身。

是吉是凶由自己決定
吉凶（きっきょう）は人（ひと）によりて日（ひ）によらず

解說 運氣的好壞或成功與否和當天是什麼日子無關，而是取決於自己平日的行為。這句諺語出自《徒然草》第九十一段。

吉日に悪をなすに必ず凶なり悪日に善を行うに必ず吉なり吉凶は人によりて日によらず

（就算是吉日，惡行必引來凶果，而厄日行善也必獲吉報。吉凶不由日而由人。）

無須迷信依賴吉日，**「思い立ったが吉日」**（想做的那天就是好日子），做任何事都要抱持自信展開行動。

一時的怠惰會造成一生的荒廢

一時の懈怠は一生の懈怠

解說 「懈怠」本是佛教用語，與「精進」（一心努力修行向善）相反。兼好法師認為一時的怠惰會造成一生的荒廢，這是出自《徒然草》第一八八段的內容。

一時の懈怠、即ち一生の懈怠となる。これを恐るべし

（眼前一時的懈怠，很快就會演變為一生的荒廢，必須引以為戒。）

比方說想學習什麼，又覺得反正還有時間便拖拖拉拉，到最後一事無成地過了一生。

德川家康

人生需要忍耐與努力

人の一生は重荷を負うて遠き道を行くが如し

解說 人的一生就像背負沉重行囊踏上迢迢旅程。因此，必須靠著忍耐與努力一步一步前進。

這句話出自德川家康遺訓，後面還接著一句「急ぐべからず」（不急著趕路）。另外，這句話可能來自《論語》中的**「任重道遠」**（責任重大，路途遙遠）。

附帶一提，遺訓並非出自家康本人之口，後人

編造的可能性很高。不過，這確實很像家康會說的話。

不自由を常と思えば不足なし

只要把缺乏視為理所當然就不會不滿足

解說 只要把缺乏視為理所當然，就不會對現狀產生不滿。換句話說，即使有些不順心或不方便的事，只要想成理所當然就能心平氣和接受。

家康曾以人質身分度過幼年時代，這句話應該是從當時不自由的生活經驗獲得的體悟。另外，這番話也令人想起《老子》裡的幾句內容：

足るを知る者は富む（知足者富）

能對現狀滿足的人，即使生活貧窮內心仍保持富有。也就是「知足」。

足ることを知る（知足之足）

拋開不滿，對現狀感到知足。壓抑欲望，捨棄不滿能帶來內心的平靜祥和。這句話之前還有另一句是「禍莫大於不知足，咎莫大於欲得」，沒有比不知足更大的災禍，沒有比謀求他人事物更大的過失。

中國史書《後漢書》中也有這樣的句子：

人は足るを知らざるを苦しむ（人苦不知足）

人的欲望無窮，為此無法獲得滿足，帶給自己的只有痛苦。

心に望み起こらば困窮したる時を思い出すべし

想著吃苦的時代忍耐

解說 這是接在前述**「不自由を常に思えば不足なし」**後面的句子，意思是當內心湧現欲望時，就要想著過去吃苦的日子忍耐。想過奢侈的生活時，更要想起貧困的過去，按捺眼前的欲望。

還有一句**「銭ある時は銭なき日を思え」**（有錢當思無錢之苦），這雖然不是家康說的話，但也值得我們引以為戒。

忍耐是為了過安穩的生活

堪忍は無事長久の基

解說 凡事都要忍耐，才能平安無事持續長久，長命百歲。

一如這句諺語，家康在六十一歲建立江戶幕府後，一直活到七十五歲才過世。被視為家康所作的句子**「鳴かぬなら鳴くまで待とう時鳥」**（杜鵑不啼，則待之啼）正說明了家康具備忍耐力的性格。

也要知道失敗是怎麼一回事

勝つことばかり知りて負くることを知らざれば害其の身に至る

解說 只知道勝利的滋味，從沒體會過失敗是很危險的事。有時刻意落敗也是為了保全己身。

《北条氏直時代諺留》中有一句**「勝てば負ける」**，意思是指獲得勝利之後的驕氣經常導致後來的失敗。只擁有勝利經驗，從來不知失敗為何物的人一定會逐漸大意，敵人就看準這點發動攻擊。此外，不懂從失敗中記取教訓的人，沒有險境求生的能力，或許哪天就嚐到一敗塗地的滋味

了。

就算輸了一次，只要冷靜從中分析敗因，還是能獲得許多收穫，成為將來的助力。

責怪自己，不要責備他人

己れを責めて人を責むるな

解說 以反省自己為最優先，不責備他人的過失。人在失敗時往往傾向先怪罪別人，事實上自己一定也有做錯的地方。這句諺語就是在警惕人們必須先自我反省。

順便說明，也有一句諺語說**「人を責むるは寛に己れを責むるは厳なるべし」**（嚴以律己、寬以待人），責怪別人很簡單，要承認自己錯誤好好反省才是最難的事。

過猶不及

及ばぬは猶過ぎたるに勝れり

解說 凡事最好小心謹慎，至少比踰矩過度好。

這句諺語來自《論語》中的**「過猶不及」**（事情做得過頭了就跟做得不夠好一樣，旨在說明重要的是恰如其分）。

另外，江戶前期水戶藩主德川光　也說過類似的話：

九分は足らず十分は溢る

做任何事都不要不足也不要過頭，恰如其分是最令人滿意的。

給近侍的教誨
五字七字の教え

解說 「五字七字の教え」指的是德川家康對年輕「近習」（主君身旁的侍從）的教誨。分別是五字訣「うえをみな」（上を見な＝勿往上看）和七字訣「身のほどを知れ」（善知己身）。

上を見な
深知自己的身分地位，不必一味羨慕身分地位比自己高的人。

身のほどを知れ
當欲望浮現時，先自問那是否符合自己的立場或實力，須經過充分判斷才行動，勿好高騖遠。

兩者都是收錄在《北条氏直時代諺留》中的諺語。

西鄉隆盛

不留財產是為子孫著想
児孫のために美田を買わず

解說 不買良田美地留給子孫是為了他們好。為了避免子孫依賴祖產而不事勞動，所以故意不留下財產。這是一句教導子孫「能吃苦才會成為出色的人」的諺語。

這句話是西鄉隆盛的遺訓之一，也出現在他送給共同推動討幕運動的大久保利通的漢詩中。

和那首漢詩雖無直接相關，日本自古以來就有

這類勸戒父母不要留財產給子孫的諺語，西鄉隆盛當然也聽說過。

売り家と唐様で書く三代目

這句話類似中文的「富不過三代」，指的是第一代費盡千辛萬苦累積的家產，傳到第三代時都花在玩樂上，也不事生產，終於散盡家財，連房子都必須賣掉。諷刺的是，「売り家」（譯註：貼在屋子上寫著「此屋售出」的紙條）三個字竟是第三代用做為興趣學習的書法字體「唐様」（中國風的意思）寫成。

闡揚學問的目的

天を敬し人を愛す

解說 敬仰上天，愛人如己。也可寫成「敬天愛人」。

這也是西鄉隆盛留下眾多遺訓中的一句，旨在闡揚研究學問的目的。

道は天地自然の道なるゆえ、講学の道は敬天愛人を目的とし、身を修するに克己を以て終始せよ

（所謂「道」，指的是天地自然的道理，研究學問之道的目的是為了敬天愛人，必須貫徹努力，修身克己。）

其他偉人

聖德太子
和を以て貴しと為す

解說 人與人和睦相親是一件崇高的事。人與人之間的和睦相處是世間最高貴也最重要的事。

大家在學校應該都學過，這句話出自西元六〇四年聖德太子制定的「十七條憲法」。雖然也有某些字典表示這是日本最古老的諺語，其實這句話的前身應是中國《禮記》中的「禮之用，和為貴」。

世阿彌
初心忘るべからず

解說 勿忘剛開始學習時的謙虚與緊張心情。此外，不管做什麼都不要忘記最初的志向。這是最多人知道，也最常被使用的一句諺語。

這句諺語出於室町時代能劇演員也是劇作家的世阿彌在能樂論書《花鏡》裡寫的話。

当流に、万能一徳の一句あり。初心忘るべからず

能樂需要經歷漫長的修行才能達到獨當一面的境界，這句話便是在提醒學習者不可半途鬆懈或忘記最初投入學習時的心情。不限於學藝之事，任何事在做習慣之後都會生出怠慢或自以為是的心情，因此，這句自我警戒的話能用在各種領

域、各種場合。

西洋諺語也說**「別丟失了最初的目標」**。

門松は冥途の旅の一里塚

室町時代的禪僧・一休

解說 按照日本傳統習俗，每逢正月新年就會在門口擺上「門松」。門松雖然象徵年節喜慶，每擺出一次門松就代表又多了一歲，也就等於朝死亡又多邁進了一步。這句諺語的後面還有一句**「めでたくもありめでたくもなし」**（既值得慶賀也不值得慶賀）。

這是一休禪師在道歌問答（以吟詠和歌的方式傳授道德）時所作的句子。

「冥途」指的是邁向死後的世界，「一里塚」是在街道上每隔一里（換算現今單位差不多是四公里）便以隆起土堆標示距離的印記，此處用來形容人的一生像是一條通往冥土的道路，一去不回頭。

順便一提，關於年齡的計算方法，以前的人是像這首和歌中說的，一出生就算一歲，之後每逢正月多添一歲，所以算的是虛歲。現在則是過了生日才增添一歲，這句諺語或許應該改成「誕生日は冥途の旅の一里塚」。

急がば回れ

源俊賴或宗長

解說 趕時間時，與其走危險的捷徑，不如繞安全的遠路，最後反而能更早抵達目的地。類似中文的「欲速則不達」。這句諺語是在提醒我們做任何事都要不慌不忙，選擇最確實的方法。這也是廣為人知且經常受到使用的諺語之一。

這句諺語可能來自下面這首和歌：

武士の矢橋の舟は早くとも
急がば回れ瀬田の長橋

（「矢橋」是滋賀縣草津市的地名，「瀬田之長橋」指的是搭在接續琵琶湖的瀬田川上的橋。）

從**「瀬田回りさしゃれ」**這句諺語也能看出這首和歌的意思。「瀬田回り」（繞行瀬田）指的是不搭矢橋到大津之間的船橫渡琵琶湖，而是從陸地上繞遠路渡過瀬田長橋，換句話說，就是捨棄危險但近距離的船運，改走安全但繞遠路的陸路（瀬田回り）。

這首和歌出自室町時代《雲玉和歌抄》，是平安時代後期歌人源俊頼的歌。不過，江戶初期笑話集《醒睡笑》中卻提到這首和歌出於室町時代連歌詩宗長之手。

江戶時代米澤藩主・上杉鷹山

為（な）せば成（な）る

解說 只要願意沒有辦不到的事，無論面對什麼事，只要秉持堅定意志去做一定能做出一番成果。

這是在面臨困難，途中想放棄時用來激勵自己或他人的諺語。或許也可以換成現代文「やればできる」（只要肯做就辦得到）。

或許有人還記得，接在這句諺語後面的是**「為さねば成らぬ何事も」**（無論什麼事，只要不去做就毫無成就）。這是江戶後期米澤藩主上杉鷹山在書狀中寫下的和歌：

為せば成る為さねば成らぬ何事も
成らぬは人の為さぬなりけり

在這之前，戰國時代武將武田信玄也曾詠過同樣心情的和歌。

為せば成る為さねば成らぬ業を
成らぬと捨つる人のはかなさ

（明明是只要肯做就能成就的事，愚蠢的人卻逃避不去做。）

附帶一提，「為す」也可以寫成「成す」，「為す」指的是去做、去進行，「成る」指的卻是「辦得到、達成、成就」的意思，兩者必須區分使用。

人間到る処青山あり

幕府末期尊王攘夷派僧人・月性

解說 這裡的「人間」發音為「じんかん」，指的是人所住的地方，也就是這個世界。「青山」指的是墓地旁的青鬱山林，有時也直接指墳墓。這句諺語的意思是，世界上到處都有能埋葬自己的地方，鼓勵人離開故鄉闖天下。

「青山」一詞來自中國北宋詩人蘇軾的詩「是處青山可埋骨」，因此被當成墓地的代名詞。日本這句諺語則出自幕府末期尊王攘夷派的周防（山口縣）僧侶月性之口。月性在離開故鄉時寫下一首漢詩，其中一節如下：

男児志を立てて郷関を出ず　学若し成らずんば復還らず　骨を埋むるに何ぞ　期せん墳墓の地　人間到る処青山あり

（男兒立志出鄉關，學若無成不復還。埋骨豈期墳墓地，人間到處是青山。）

夏目漱石

知に働けば角が立つ

ち　はたら　かど　た

解說　只憑理智講道理會使人際關係失去圓融，容易和別人起衝突。這句話是想表明活在世界上不能光靠理智，也要顧及情感。

這是夏目漱石《草枕》開頭的一段話，之後被收錄於許多諺語辭典中。在《草枕》裡，整段話說的是「知に働けば角が立つ，情に棹させば流される，意地を通せば窮屈だとかくに、人の世は住みにくい」（過於理智會與人起衝突。感情用事則無法控制自我。堅持己見易鑽牛角尖。總之人世難以安居）。

附帶一提，開頭三句話分別以「知」、「情」、「意」開頭，我在查閱各種字典時，找到一個名詞就叫「知情意」，指的是人類擁有三種心的作用，分別是知性、感情與意志。

漱石在《文藝的哲學基礎》中是這麼說的：

「知情意」或許是合理的分類，但三種作用並非各自獨立，而必須與其他兩種互相影響。

他或許是刻意在《草枕》的開頭寫下以「知」、「情」、「意」起始的那三句話。

文字遊戲・雙關語

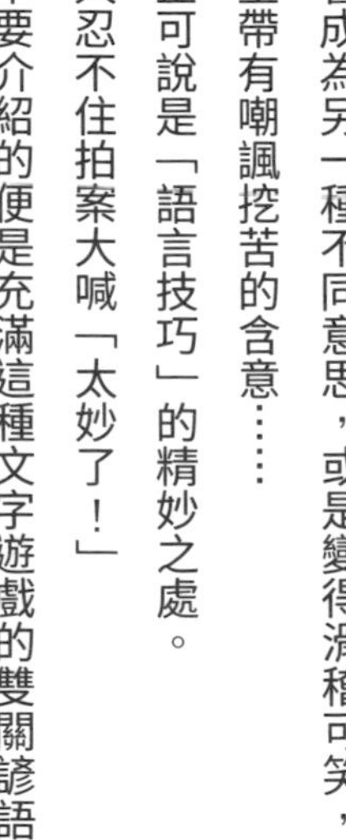

僅改變諺語中的一小部分，
就會成為另一種不同意思，或是變得滑稽可笑，
甚至帶有嘲諷挖苦的含意……
這正可說是「語言技巧」的精妙之處。
令人忍不住拍案大喊「太妙了！」
以下要介紹的便是充滿這種文字遊戲的雙關諺語。

諺語中的文字遊戲

冗談から駒が出る

原句為「瓢箪から駒が出る」

解說　這句話的意思是，原本只打算開玩笑，結果卻不經意說出了真心話。用發音近似「瓢箪」的「冗談」取代，是一個很有巧思的改造句。

江戶時代已可看到這句話，也可寫成**「冗談から本真が出る」**（簡直可說是「嘘から出たまこと」（從謊言中透露的真心話））。另外還發展出一句**「冗談から泣きが出る」**則是「開的玩笑成了真，使得說話者忍不住哭起來」的意思。

●瓢箪から駒が出る

不可能從葫蘆裡跑出的馬卻從葫蘆裡跑出來，指的是發生意想不到的事，或開玩笑說的話成真了。所以，當現實裡忽然發生出乎意料的事時，就可以說**「瓢箪から駒が出る」**。

知らなきゃ放っておけ

原句為「知らぬが仏」

解說　對方不知道就算了，刻意不告訴他，就這樣放著不管。

把兩句連在一起說**「知らぬが仏、知らなきゃほっとけ」**好像也不錯。

●知らぬが仏

比喩知道之後會生氣，如果不知道就像佛菩薩一樣心平氣和。這句諺語常用來打趣比喻只有當事人不知情的狀況。

寝る時の地蔵顔、起きる時の閻魔顔

原句為「借りる時の地蔵顔返す時の閻魔顔」

解說 想睡覺時一臉安詳宛如地藏菩薩，醒來時卻露出閻羅王般可怕的表情。

這句諺語是用來形容有起床氣的人，大概是太太之類的吧。

●借りる時の地蔵顔返す時の閻魔顔

向人借錢時為了討好對方，總是面帶和氣笑容，還錢時就露出閻羅王般的不悅神情。相同說法有**「用ある時の地蔵顔、用なき時の閻魔顔」**。

鬼の留守に新宅

原句為「鬼の留守に洗濯」

解說 趁恐怖的人或囉唆的人不在家時就跑去別的地方住。

例如傭人趁主人不在家時去別人家打工，或是丈夫趁太太不在家時跑去別的女人家，可以應用在各種情境。

●鬼の留守に洗濯

原本這句諺語指的是，趁恐怖的人或囉唆的人不在時做自己想做的事或喘口氣。也可寫為**「鬼の居ぬ間に洗濯」**。

原句為「桃栗三年柿八年」

串打ち三年裂き八年火鉢一生

解說「串打ち」是指串起鰻魚準備燒烤，「裂き」是指剖開魚肚，「火鉢」是指在爐火上燒烤。整句話是用來形容學會烤鰻魚是一件非常辛苦的事。

●桃栗三年柿八年

這句諺語是指桃子和栗子從發芽到結果要花上三年，柿子則要花上八年，比喻不管做什麼都得熬上一定年數才有成果。

學會一門技術是不簡單的事，與此相關的諺語還有這些：

首振り三年ころ八年

學習吹奏尺八，光吹出聲音就要花三年，要吹出抑揚頓挫的音樂則要花上八年。也寫作**「顎振り三年」**。

ぽつぽつ三年波八年

學習日本畫，光是在紙上畫出一點一點青苔就要花上三年，學會畫海浪要花上八年。

草花三年

學習插花，最困難的是插「草花」，得花上三年時間。

櫓三年に棹八年

學習划船，三年才學會操櫓，八年才學會操棹。類似的諺語有**「櫂は三年櫓は三月」**。

剣術十年槍三年

習得劍術須十年光陰，槍術則是三年。

換成現代可以這麼說：

臍繰り八年株一年

存了八年的「臍繰り」（私房錢），拿去投資股票才一年就沒了。也可以反過來說，靠投資股票在一年內賺到存八年的私房錢金額。

医は算術

原句為「医は仁術」

解說 指的是滿腦子只想賺錢的醫生。

這句話批判的雖是這樣的醫生，不可取的只有把醫療當賺錢手段的人。即使站在外行人的角度也知道檢查或治療所需的醫療儀器都得花錢，對經營現代醫院的醫師來說，算術還是得好好學的。

●医は仁術

醫術不單只是治好疾病，更是救人之道。這句諺語旨在提醒從事醫療的人，醫術不該只考慮成本與收入問題。貝原益軒在《養生訓》中說：「**医は仁術なり。仁愛の心を本とし、人を救ふを以志とすべし。わが身の利養を専に志すべからず**」（醫乃仁術，須本仁愛之心，以救人為職志。不可貪求己身利益，中飽私囊。）

布団は短し夜は長し

原句為「帯に短し襷に長し」

解說 秋冬夜晚很長，蓋的棉被卻太短。

棉被變短是因為縮水了嗎？還是家人增加了？或者身高抽長了？

●帯に短し襷に長し

這句諺語是說布料的長度不夠做腰帶，但用來當挽袖用的帶子又太短了。意指不上不下的尺寸，或是派不上用場的東西。

原句為「鯛も一人はうまからず」

鯛も干物はうまからず

解說 日本人認為最美味的魚是鯛魚，但是鯛魚做成魚乾就沒那麼好吃了。

現在也有美味的鯛魚乾，說這句話的人大概是沒吃過。

●鯛も一人はうまからず

像鯛魚這麼美味的東西，一個人吃起來還是不覺得好吃。意思是美味的食物就該和別人一起享用。

原句為「武士は食わねど高楊枝」

猿も食わねど高楊枝

解說 連猴子都有高傲的自尊了，身為人類，即使生活窮困也要保持尊嚴，不可做出可恥的事。

把「武士」改成「猿」（猴子），或許是對高傲武士的諷刺。

●武士は食わねど高楊枝

武士就算在窮得沒東西吃時，也要裝成已經吃飽的樣子，拿牙籤（即楊枝）剔牙，絕不表現出

一絲窮酸樣。這句諺語的意思是，就算貧窮也要秉持自尊活著，另外也有「硬撐場面」、「打腫臉充胖子」的意思。

原句為「立て板に水」

横板に雨垂れ

解說 用横放的板子和滴在上面的雨水來形容說話支支吾吾，吞吞吐吐的樣子。

也可寫為「**横板に泥**」。不過，雨水滴在板子上至少還會稍微流動，泥巴沾上板子就凝固了，說不定可以用來形容一句話也說不出來。

●立て板に水

水沿著豎起的板子往下流，比喻說話行雲流水，辯才無礙。也可寫為「**戸板に豆**」。

原句為「玉に瑕」

瑕に玉

解說 眾多缺點或缺陷中，還是能找到一些優點。將原本的諺語（ことわざ）倒過來運用，正可說是「語言技巧」（「言葉」ことば＋「技」わざ）。

●玉に瑕

意思是「只要沒有這個缺點就滿分了」，用來比喻令人遺憾的缺點。

這個諺語來自中國的傳說故事，在日本最早見於《源氏物語》。

原句為「**稼ぐに追いつく貧乏なし**」

稼ぐに追いつく貧乏神

解說 不管怎麼努力工作賺錢，還是會被窮神追上，無法脫離貧困生活。也可寫成「**稼ぐに追い抜く貧乏神**」。

●**稼ぐに追いつく貧乏なし**

雖然窮神在後面追，但只要拚命努力工作就能擺脫窮神的追趕，脫離貧窮。

原句為「**運は天にあり**」和「**棚から牡丹餅**」

運は天にあり、牡丹餅は棚にあり

解說 命運天註定，不知道什麼時候才會遇到「從架子上掉落牡丹餅」（譯註：用紅豆泥裹住的麻糬）這種好事。

這是將兩個諺語結合起來搞笑的句子。

●**運は天にあり**

人類的命運由上天決定，只能順其自然。

●**棚から牡丹餅**

躺在架子下睡覺時，從架子上掉落的牡丹餅正好掉進嘴巴。比喻不費吹灰之力就幸運獲得好處。反過來說，不努力就不會有好事發生的諺語則是「**棚から牡丹餅は落ちて来ない**」。

原句為「**腹に一物**」

腹に一物、背に荷物

解說 這是一句玩笑話，只是用「腹」與「背」，「一物」與「荷物（發音同二物）」組成滑稽的句型，沒有特別意思。

●腹に一物

表面裝作若無其事，內心暗自懷抱企圖。

江戸者の生まれ損ない金を溜め

原句為「江戸っ子は宵越しの銭は持たぬ」

解說 道地的江戶人生性豪邁，當天賺多少就花多少，從不把錢留過夜，這句話來自川柳，意思是「不像個江戶人反而存得了錢」。

「江戸者の生まれ損ない」的意思是，雖然生於江戶卻沒有江戶人的樣子，大概是在出言諷刺存了錢的江戶人吧。

●江戸っ子は宵越しの銭は持たぬ

道地江戶人崇尚當天賺多少錢就當天花光，從不把錢留過夜。這是一句用來形容江戶人沒有金錢觀念（或不執著金錢）的諺語。

小男の総身の知恵も知れたもの

原句為「大男総身に知恵が回りかね」

解說 比起被人說「**大男総身に知恵が回りかね**」的壯漢，身材矮小的人反而足智多謀。這是一句用來回應嘲諷的話。

這兩句話正是所謂的「**売り言葉に買い言葉**」（意思是指，對方用什麼言語態度，我就用同樣的言語態度回應），面對別人找碴的「売り言葉」，就依樣畫葫蘆地用「買い言葉」回應。

●大男総身に知恵が回りかね

這句話是指，高壯的男人徒有魁梧身材，智慧卻沒能遍及全身。用來諷刺高頭大馬，腦袋卻駑鈍愚昧的男人。類似中文的「頭腦簡單，四肢發達」。

下戸（げこ）に御飯（ごはん）

原句為「猫に小判」

解說 這是把從前的諺語拿來玩文字遊戲，其實沒有什麼深意。「下戸」是酒量不好的人，對下戸來說白飯還比較有價值。和**「猫に小判」**的寓意正好相反。

附帶一提，「猫に御飯」或「猫にこんばんは」也是常見的玩笑話，沒有特別意義。

●猫（ねこ）に小判（こばん）

給了不懂事物價值的人好東西，他也無法理解，只是白白浪費。同樣的諺語還有**「豚に真珠」**，這是出自《新約聖經》的用法。

使用雙關語的諺語

おせせの蒲焼き

原句為「世話を焼く」、「蒲焼き」

解說 「世話を焼く」是「照顧人」的意思。「おせせ」的「せせ」是把「世話」的「世」重複兩次，代表「多餘的世話」（余計なお世話），亦即「多管閒事」。用「蒲焼き」取代「焼く」更強調了多管閒事的程度。

這也是江戶時代中期常用的流行語。同樣說法還有「**いらぬおせせの蒲焼き**」、「**いらぬお世話の蒲焼き**」。

比起光說「大きなお世話」（同「余計なお世話」，也是多管閒事的意思），「大きなお世話の蒲焼き」更逗趣。

浮気の蒲焼き

原句為「鰻の蒲焼き」

解說 「浮氣」（外遇）和「鰻」（うなぎ，鰻魚）發音相近，所以拿「**鰻の蒲焼き**」改成「**浮気の蒲焼き**」，形容外遇的人。

根據《廣辭苑》的解說，這是江戶時代中期的流行語，可見當時外遇的人之多，多到連這種流行語也隨之誕生。

原句為「呆れ返る」

呆れが宙返りをする

解說 「呆れ返る」是傻眼、錯愕的意思。為了強調傻眼的程度，「呆れ」不只「返る」，甚至還「宙返り」（在半空中翻了一圈）了。類似說法有**「呆れがとんぼ返りをする」**、**「呆れが舞う」**等。還有**「呆れが礼に来る」**（呆れ來自己來致意），都是用擬人手法比喻傻眼的程度。

各位知道以下這句川柳是什麼意思嗎？

来る人は来いで呆れが礼に来る

這句話的意思是，該來的人沒有來，只有「呆れ」代替對方來致意。換句話說，這句川柳吟的是「該來的人沒來，等待的人錯愕不已」。

「結う」和「言う」的雙關語

嘘と坊主の頭はゆったことがない

解說 利用「結う」和「言う」發音相近，用沒結過髮髻的和尚比喻連一次都沒說過謊。

只是，用這種開玩笑的方式一說，聽起來反而更像在說謊了……

稍微岔個題，與和尚頭頂無毛相關的諺語還有這些：

たとえに嘘なし坊主に毛なし

用來比喻的詞彙闡述的都是事物的真理，沒有一絲謊言。這句話的意思是，諺語說明的都是人生的真理。

坊主の花簪

和尚用不上花簪，比喻拿著也派不上用場的東西。

坊主の鉢巻

「鉢巻」是頭巾，和尚不需要綁頭巾，而綁的動詞是「締まる」。這句諺語指的是「沒有結論的事」（締まりのない）。

擬聲詞「ごうごう」和「もうもう」的雙關語

喧喧囂囂牛もうもう

解說 「喧喧囂囂」是指許多人自說自話，吵吵鬧鬧的樣子。牛的叫聲「もうもう」與擬聲詞「ごうごう」發音相近，用來冷嘲暗諷人們爭論不休的樣子。

大概是人群喧鬧嘈雜的聲音聽起來和牛叫聲差不多吧？

附帶一提，**「喧喧諤諤」**（けんけんがくがく）指的是「提出各種意見爭論」，很容易被與「喧喧囂囂」、「侃侃諤諤」（不畏反對，清楚提出自己堅信的正確意見）搞混。

「分別」的「分」與「糞」的雙關語

よい分別は雪隠で出る

解說 「分別」指的是做出判斷，「雪隱」指的是廁所，這句話的意思是，好點子（正確判斷）總是在安靜沉穩的地方想出來。

現代應該常有人把自己關在廁所裡思考事情，古人想必也會這麼做。

順帶一提，想不出好點子時的逗趣藉口是**「糞は出たが別は出ない」**。

「さる」與「猿」的雙關語

敵もさる者引っ掻く者

解說 「さる者」也可寫成然る者，也就是「有一定水準的人物」，「引っ掻く」是抓扒的意思。這裡取了「さる」和「猿」的雙關語，加上猴子經常扒抓身體的動作組成這句諺語，用來表示下棋或競爭時認同對方實力不可小覷。

以下再介紹一個與動物相關的雙關語：

蟻が十なら芋虫ゃ二十

這是表示「謝謝」（ありがとう）時，用來掩飾難為情的說法。

「日光」與「結構」的雙關語

日光を見ぬうちは結構と言うな

解說 沒看過位於日光，氣派的東照宮，就不要隨便讚美其他的建築物「很好」（結構）。這是用來稱頌日光東照宮建築之美的諺語，有時也用來稱讚以東照宮為中心的日光全體勝景。

順帶一提，日語中的「結構」有美好出色，沒有缺點的意思，同時也有文章或建築結構的意思，例如**「結構を尽くした建築」**指的就是建築結構極盡美善。

主要参考文献

〔文献〕

北村修一監修『故事俗信ことわざ大辞典第二版』小学館
三省堂編集所編『新明解故事ことわざ辞典第二版』三省堂
学研辞典編集部編『用例でわかることわざ辞典改訂第二版』学研
宮腰賢編『現代に生きる故事ことわざ辞典』旺文社
辞典編集部編『会話で使えることわざ辞典』集英社
現代言語研究会編『日本語を使いさばく故事ことわざの辞典』あすとろ出版
高橋書店編集部編『実用ことわざ新辞典』高橋書店
柳田國男『ことわざの話』ＡＲＳ
新村出編『広辞苑第七版』岩波書店
松村明編『大辞林第三版』三省堂
松村明監修　小学館国語辞典編集部編集『大辞泉第二版』小学館
金田一春彦監修　小久保崇明編集『全訳古語辞典改訂第二版』学研
藤堂明保ほか編『漢字源改訂第五版』学研
山口佳紀編『暮らしのことば語源辞典』講談社
『日本の古典をよむ』小学館
　小島憲之　木下正俊　東野治之『4万葉集』
　松尾聰　永井和子『8枕草子』
　阿部秋生　秋山虔　今井源衛　鈴木日出男『9　10源氏物語』
　市古貞次『13平家物語』
　神田秀夫　永積安明　安良岡康作『14方丈記　徒然草　歎異抄』
　小林保治　増子和子　浅見和彦『15宇治拾遺物語　十訓抄』
　長谷川端『16太平記』
山崎正和『現代語訳　日本の古典12徒然草　方丈記』学研
林望『謹訳　平家物語』祥伝社
古谷知新『源平盛衰記』国民文庫刊行会
高橋貞一『新校　太平記』思文閣
渡邊寶陽ほか『日蓮聖人遺文』佼成出版社
中村通夫『浮世風呂』岩波書店
奥村恒哉『古今和歌集』新潮社
田中裕　赤瀬信吾『新古今和歌集』岩波書店
小町谷輝彦『拾遺和歌集』岩波書店
藤本一恵『後拾遺和歌集』講談社
大曽根章介　堀内秀晃『和漢朗詠集』新潮社
佐々醒雪『芭蕉翁全集』博文館
素堂編『とくとくの句合』珍書会
尾崎紅葉『二人女房』岩波書店
夏目漱石『吾輩は猫である』新潮文庫
夏目漱石『夏目漱石全集10』筑摩書房
小宮豊隆編『寺田寅彦随筆集第四巻』岩波文庫
興津要『江戸食べもの誌』河出書房新社

〔ウェブサイト〕

文化庁「国語に関する世論調査」
国立社会保障　人口問題研究所「出生動向基本調査」
裁判所「司法統計」
総務省消防庁「全国災害伝承情報」

日本諺語事典

蘊藏大和民族悠久文化與處世之道的諺語由來、寓意與應用274選

日本のことわざを心に刻む
—処世術が身につく言い伝え—

國家圖書館出版品預行編目(CIP)資料

日本諺語事典：蘊藏大和民族悠久文化與處世之道的諺語由來、寓意與應用274選 / 岩男忠幸著 ; 邱香凝譯 . -- 初版 . -- 臺北市：麥浩斯出版：家庭傳媒城邦分公司 , 2020.05
面； 公分
ISBN 978-986-408-604-7(平裝)

1. 日語 2. 諺語

803.138　　109005841

作者　岩男忠幸
翻譯　邱香凝
責任編輯　張芝瑜
美術設計　郭家振
行銷企畫　魏玫瑜

發行人　何飛鵬
事業群總經理　李淑霞
副社長　林佳育
副主編　葉承享
出版　城邦文化事業股份有限公司麥浩斯出版
E-mail　cs@myhomelife.com.tw
地址　104台北市中山區民生東路二段141號6樓
電話　02-2500-7578
發行　英屬蓋曼群島商家庭傳媒股份有限公司城邦分公司
地址　104台北市中山區民生東路二段141號6樓
讀者服務專線　0800-020-299（09:30 ~ 12:00; 13:30 ~ 17:00）
讀者服務傳真　02-2517-0999
讀者服務信箱　Email: csc@cite.com.tw
劃撥帳號　1983-3516
劃撥戶名　英屬蓋曼群島商家庭傳媒股份有限公司城邦分公司
香港發行　城邦（香港）出版集團有限公司
地址　香港灣仔駱克道193號東超商業中心1樓
電話　852-2508-6231
傳真　852-2578-9337
馬新發行　城邦（馬新）出版集團 Cite（M）Sdn. Bhd.
地址　41, Jalan Radin Anum, Bandar Baru Sri Petaling, 57000 Kuala Lumpur, Malaysia.
電話　603-90578822
傳真　603-90576622
總經銷　聯合發行股份有限公司
電話　02-29178022
傳真　02-29156275
製版印刷　凱林彩印股份有限公司
定價　新台幣380元／港幣127元
ISBN　978-986-408-604-7
2020年5月初版一刷・Printed In Taiwan